星の航海者1

遠い旅人

笹本祐一

人類が初めて開発に成功した、くじらτ星の第五惑星ディープブルー。そこに暮らし、恒星間ネットワークの基幹会社、通称〈銀河ネット〉に勤める惑星記録員のミランダは、宇宙酔いを克服できず地上勤務を続けていた。ある日、冷凍睡眠を繰り返しながら宇宙を渡る恒星記録員のメイアが250年ぶりにディープブルーを訪れることになり、ミランダはそのアテンドを命じられる。宇宙生まれの第一世代であり、地球年齢で300歳を超えるメイアは、ある種伝説の存在だ。ミランダは案内の事前準備として、メイアの人生を辿り始める——〈星のパイロット〉と同じ宇宙を舞台に描く新シリーズ開幕。

星の航海者 1

遠い旅人

笹　本　祐　一

創元ＳＦ文庫

THE ASTRO VOYAGER #1

by

Yuichi Sasamoto

2023

目次

星の航海者1　遠い旅人

第一章　恒星間連絡船〈銀河を渡る風〉

恒星間記録員、メイア・シーンの最新の記録

目覚まし時計が鳴った。

いつもの、古典的な金属ベルの音が冷凍カプセル《天蓋付きベッド》の中に再生される。

自分が意識を取り戻しているのに気付くのに、しばらくかかった。視界正面のディスプレイには、自分の生体状態が数値化されて表示されている。異常があれば赤くフラッシュするはずの項目は、すべて緑か青だった。身体的異常は検知されていないらしい。

ディスプレイの隅の時刻表示は、上が地球標準時間、下が目的地の標準時間。アルファベット表記の略号を、目的地の正式名称に符合させるのにしばらくかかった。

「……あと五分」

目の奥に残っている眠気を追い出すのが惜《お》しくて、呟《つぶや》いてみる。冷凍睡眠前に入れたマウスピースのせいでうまく口が開かない。えいやと口に手を突っ込んで、数十年嚙み締めていたはずのマウスピースを取り出す。

「あと五分」

こんどはちゃんと発音できたつもりなのにベルは止まらない。しかたないから、別の言葉を口に出してみる。

「ベル止めて」

止まらない。寝ている間に自分の発声がおかしくなったか、それともシステムの方が故障した可能性を考えている間に、ワンテンポ遅れてベルが止まった。

もう一度、目の前のディスプレイを見廻す。表示されている限りの身体状況に異常がないことを確認して、私はタッチして切り換えた。

現在時刻と、目覚まし予定時刻を比較、ベッドの中でぐずぐずしていた以上のずれがないことを確認する。

予定通りなら、数十年にわたる航行時間のあいだに、冷凍睡眠中の乗組員を緊急起動しなければならないような非常事態は起きなかったということでもある。

航路調査の完了している恒星間連絡航路では、天然、人工の物体を問わず不慮の衝突事故が起きる可能性は少ない。

航行中はレーダーにより前方空間が走査され、衝突の危険がある物体があれば連絡船の軌道を変更するか、小さい物体であれば自動防御システムのレーザーにより蒸発などの対処が行なわれる。

連絡船が回避機動をとったり自動防御システムを作動させたりすることは十数回の航行に一回しかないと言われている。そして、衝突回避に成功しても失敗しても乗組員を起床させたところでできることはあまりない。

十数年から数十年もの長期にわたり、光速の二割という超高速で恒星間空間を駆ける連絡船でもっとも恐ろしいのは機械の故障である。

何重にも安全措置がとられ、自己修復システムで守られ、場合によってはネットワーク経由でのアップデートまで可能な恒星間連絡船といえども、永遠の時間、無限の距離を安全に航行できる保証はない。連絡船の船体が無事でも、冷凍睡眠システムが故障して乗組員が凍り付いたまま目覚めない可能性もある。眠り続ける乗組員を乗せたまま、航路を外れた連絡船が今もどこかを飛んでいるという伝説も流布《るふ》している。おそらく、無人で試験航行に出て帰って来なかった連絡船の情報が間違って伝わっているのだろう。

予定通りに目覚まし時計が鳴ったということは、今回の航行も順調のようだ。

航行の後段、目的地に向けての減速シークエンス中は、衝突事故の心配はない。進行方向に向けて核融合推進の超高速プラズマが噴射されているから、進路上の障害物はあらかた吹き飛ばされる。

減速シークエンスを開始してからすでに半年近い時間が経過している。目的地への到着予定は六〇日後。それまでに、くじら座《ざ》τ《タウ》星第五惑星、かつてブルースターと呼ばれ、のちに深い海を持つことから深青星《ディープブルー》と名付けられた人類最初の開拓惑星に関する最新情報を勉強し、私自身をアップデートしておかなければならない。

海を持つ地球型惑星は、太陽と同じスペクトルG型恒星のもとでは海の青と雲の白を纏《まと》った惑星になる。太陽系外に青い惑星がいくつも見つかるようになって、ブルースターはブルー・スターズになった。恒星間探査機が到着してより詳細な観測結果がわかれば、ブルー・スターズはそれぞれの個性に従って呼び名を変えていく。

さまざまな事情で国や人の名前が変わるように、星の名前も変わる。

カプセルの内側のコントロール・パネルに指を滑らせて、ベッドの天蓋《カバー》を開く。減速による船内の疑似重力は三分の一G。これから先、推進剤の消費によりわずかずつ減速荷重は増えていく。

航行の大半を占める無重量状態になる慣性航行の時間は、天蓋付きベッド《カプセル》の中で冷凍されて過ごすから、筋力低下や骨粗鬆症《こつそしょうしょう》は起きない。また、体内にインプラントされたナノマシンが宇宙線障害を含むすべての異常を修復することで、長時間にわたる宇宙航行でも病気や障害の心配はない。

ナノマシンをインプラントしたのはこの仕事に着く前だから、もう二五〇年以上前になる。今インプラントされているものは二〇年前には当時の星系では最新式だった。ディスプレイを切り換えて履歴を確認すると、ほんの数時間で終わる冷凍睡眠の解凍開始と同時に最新バージョンへの更新がかかっていた。

「うわー、バージョンナンバーが五つも上がってる」

二〇年前のインプラントが今も使えている幸運をこそ喜ぶべきだろう。更新履歴を見ると、初期バージョンから段階を経てバージョンアップされているのがわかる。

バージョンアップによる修正事項と新機能のリストを見るのは後まわしにして、私は天蓋を開いた自分のベッドからゆっくり身体を起こした。ベッド脇のゴミ箱の場所が寝る前と変わっていないのを確認して、そこにマウスピースを捨て、その横からウェットティッシュを引き抜いて両手を拭う。

「おはようございます、メイア・シーン」

涼やかな声が室内に流れた。それが、連絡船を統括する人工知能、船長の声だと気付くのに少し時間がかかった。

「おはよう」

まだ寝ぼけているのか、うまく声が出ない。軽く咳払いして、私は言い直した。

「おはよう、船長。調子はどお?」

「航海は順調です」

船長はすらすらと答えた。

「メイアの健康状態も問題ありません。冷凍睡眠の開始と終了に問題は発生しませんでした。

ナノマシンの更新、体調検査と調整も成功しています。気分はいかがですか？」

「悪くないわ」

答えて、私は両手を逆手に絡めてうーんと伸びをした。冷凍睡眠明けの身体を、バージョンアップされたナノマシンが気合いを入れて整備調整《メンテナンス》してくれたのだろう。寝過ぎたような身体の痛みはどこにも感じないし、目覚めた直後よりは頭もすっきりしているような気がする。

「あなたはどお？　変わらない？」

「だいぶバージョンアップしました。航行中、ネットワークは途切れることがなかったので、アップデートは順調に行なわれました。最新バージョンは地球製ではなく深青星《ディープブルー》製なので、ほんの数ヶ月前の最新バージョンです」

「ついに船長も地球製じゃなくなったかあ」

私は感慨深く呟きながら、さらに両手を拡げて身体を伸ばした。

「星は増えたの？」

「増えましたよ」

船長は当たり前のように言った。

「銀河系のG型恒星系も、オリオン腕の系外惑星もいっぱい確認されました。いちばん新しい地球型惑星は、改造なしで呼吸できる大気があるって確認されて、開発計画がすごい勢いで進んでいるそうですよ」

「そのまんまで呼吸できる大気があるって、すごいわね」

ハビタブルゾーンにある地球型惑星と言っても、地球型生命がそのまま生存できるわけではなく、水が液体の状態で存在できる温度域の範囲にある岩石惑星という分類でしかない。誕生以来四五億年の歴史と変化の果てに独自の生命系を発達させた地球と同様の環境が、他の地球型惑星にもある確率は絶望的に低い。だから、呼吸できるような大気を持つ地球型惑星は宝石以上に貴重である。

「それで、どお?」

私は、起きたら必ずする質問を口にした。

「宇宙人は、見つかった?」

「太陽系外文明は、未だに発見されていません」

驚いたことに、船長の口調には申し訳なさそうなニュアンスが加えられていた。

「地球人類の生存圏は着々と拡がっていますが、未だに太陽系外文明と信じられるものとの接触はありません」

「あらざんねん」

私は、次の質問を口にした。

「それじゃ、超光速は実用化された?」

「それも、まだです」

船長の声が笑みを含んだような気がした。ずいぶん細かいニュアンスを表現できるようになったらしい。

「無人機が、光速の六〇パーセントを超える速度を達成しましたが、連絡船がその速度を達成するのはまだずいぶん先の話になりそうです」

超光速技術を持つ異星文明と接触できれば、そして技術供与を受けられれば、光年単位に拡がった人類圏を自由自在に駆け回れるようになるのではないか。それは宇宙開発開始以前からの人類の夢だが、私が眠っている間にも達成されていないらしい。

「他に何か、聞いておくべきニュースはある？」

「コンピューターが、シンギュラリティに到達しました」

船長が言った。

「電子回路の実装密度が分子レベルを達成したので、CPUの計算速度もメモリーの高密度化もこれ以上は進まないそうです」

「また？」

前の惑星《ほし》でも、その前にもそんなニュースを聞いた記憶がある。

「私の記憶の混濁《こんだく》じゃなければ、そのニュース、もう二回目か三回目じゃない？」

「三回目です」

船長は悪びれもせずに答えた。

「最初の時は、材質を電子の多い材質に変更することでさらなる計算速度と記録密度の向上に成功しました。こんどは、電子回路を三次元化することで理論上の最高値を達成し、これ以上の密度向上は期待できないので、ハードウェアに関してはこれが最後の到達点《シンギュラリティ・ポイント》になります」

「これが最後って、前の時にもきいたからなー」

ふと気付く。

「それじゃあ、分子レベルの高密度化は達成されてない船長も、とうとう世代遅れの旧式コンピューターになっちゃったわけかあ」

「ハードウェアの話でしたら、コンピューターは完成したその瞬間から旧式になります」

船長は前にも聞いたような話を始めた。

「ハードウェアは完成したら部分ごとに交換するしかアップデートする方法がありませんが、ソフトウェアはいくらでも改良可能です。現に私も定期的にアップデートされ、初期型に比べれば信頼性も計算速度もはるかに向上しているのですよ」

「ハードウェアの変更なしにどうやって計算速度上げてるのよ」

「アルゴリズムの最適化により計算を効率化しています。単純な計算問題の速度は変化していませんが、いくつもの計算を組み合わせなければならない複雑な問題に対する解答速度は目覚ましい向上をお見せできます」

「実用に問題なければいいわよ」

念のために、私は確認した。

「問題ないんでしょ？　連絡船を安全に飛ばしたり、船内環境を保持して無事に目的地に到着できれば充分だわ」

「私の能力は、目的に対して何百倍もの余裕《マージン》を持っています」

船長はいつものように答えた。

「ご心配なく。それよりも、早く起きて身支度を調えてください。ディープブルーへの到着まで六〇日しかありません。通信のタイムラグも二四時間を切っています。最新情報をあなたの脳にインストールするのに、六〇日しかないのですよ」

「はいはい」

カプセルの左側のカバーが開いた。上半身を起こした私は、腰を回して床に裸足の足を降ろした。初期の冷凍睡眠システムは、覚醒してもうまく身体が動かなかった。ベッドの方もそれを見越して、簡易シャワーシステムを内蔵、身体が動くようになるまで二日か三日は寝たきりで過ごしていたから、大した進歩である。

もっとも、最初期の恒星間飛行では推進機関も今ほどのパワーがなかったから、加速減速期間も今よりずっと長く、その分船内にかかる疑似重力も小さかった。

久しぶりに感じる減速荷重は、インジケーターの表示で〇・三G。それでも、目的地であるディープブルーの地表重力〇・九二Gには遠く及ばない。
長期の冷凍睡眠から覚醒すれば、体調回復のためにそれなりのリハビリが必要になるが、それも昔と比べればずいぶん簡単に、楽になった。

「それで、他に聞いておくべきことはある？」

シャワーを浴びるために体調管理用のマイクロマシンがプリントされているアンダーウェアを正規手順で脱いだ。

「先の話ですが、次の飛行の予定が決まっています」

「あら、珍しいわね」

系外惑星を結ぶ恒星間連絡船の次の飛行計画が到着前に決定していることは少ない。連絡船は開発惑星の軌道上に長期にわたって留まり、次の飛行に備えた重整備を行ない、推進剤を補給し、はるばる運んできた貴重な物資を降ろし、記録を書き換える。
連絡員も、到着した惑星だけでなく星系全体を可能な限り廻り、現地の詳細な記録を録《と》る。
重整備にどれだけの時間が必要か、連絡船が次の飛行に耐えられるかの判定も必要になる。場合によっては長期の恒星間飛行に不適との判定が下されることもある。

「コンピューターがシンギュラリティ・ポイントに到達したので、地球で連絡船のオーバーホールを行なうのだそうです」

今の連絡船の航行速度を考えると、早くても数十年先の予定になると考えながら、私は船長の話を聞いた。

「電装関係と推進機関を交換予定です。新しい推進機関はより高速な反物質機関になるそうなので、この船が核融合推進で行なう恒星間飛行は、次の飛行が最後になるでしょう」

「反物質機関かあ」

子供の頃は理論上にしか存在しなかった言葉を聞いて、私は感慨深く繰り返した。

「ついに実用化されたかあ。だけど、反物質機関をもってしても超光速はまだ無理なのかあ」

「分子レベルでの超光速実験はいくつか成功例があるようですが、投入するエネルギー量が莫大なために追試するための設備を作るのも困難だそうです。宇宙船一隻を超光速で飛ばそうと思ったら、恒星がその全生涯で発生する全エネルギーに相当する出力が必要になるので、実用化は非現実的だそうです」

「そっか、まだ無理か」

目覚めるたびに、同じような話を聞く。超光速は人類にとっての宿願だが、その実現はまだ難しいらしい。

「まあ、そのうちなんとかなるでしょ」

私は、天蓋付きベッドのある寝室のとなりのシャワールームに移動した。

眠るまえに完全消毒されているし、カプセル内も清浄環境が維持されるから、何十年寝ていても不潔になることはない。冷凍睡眠にはいったのも体感では前日のことである。だから、冷凍睡眠からの覚醒時にシャワーを使う必要はない。目覚めてシャワーを使うのは、習慣というよりも儀式に近いかも知れない。

気持ちのいい温水を浴びてさっぱりしたわたしは、いいかげんにドライヤーをかけただけでバスローブを羽織り、変わり映えのしない通路の気密ドアを抜けて、恒星間連絡船〈銀河を渡る風〉のブリッジに向かった。

操縦室が船が惑星上の水面を航行していた頃からの伝統で、宇宙船でもメインコントロールルームはブリッジと呼ばれている。定常加速による疑似重力下での運用を想定したブリッジには十数人分のシートとコントロール・パネルが備えられているが、実際に乗組員による操縦が行なわれることはほとんどない。

長い航行期間中は真っ暗だったはずのブリッジは、すべてのパネルに灯が入って満艦飾だった。探せば消えているディスプレイやパネルもあるが、それが故障しての結果なのかそれとも連絡船を制御する船長の判断で点いていないだけなのかはわからない。

最前列の操縦席にゆっくり腰を降ろして、私は船長に訊いた。

「私は、今、何歳?」

「地球年齢で、三〇八歳になりました」

ついに地球での平均健康寿命を追い越したと船長におめでとうを言われたのは、何回前の冷凍睡眠明けだっただろう。

「そろそろ魔女とか妖怪って呼ばれても不思議はないわね」

「大丈夫です。冷凍睡眠期間を引いた肉体年齢は」

「聞きたくない」

私は船長の声を遮《さえぎ》った。

「せっかく地球暦から解放された生活してるのよ。今さら自分のほんとの年齢なんか自覚したって意味ないわ」

連絡船は地球暦で運航されるが、船内時間は冷凍睡眠に入るまでは出発地の時間で、冷凍睡眠明けからは到着地の時間で運用される。地球暦で運行されるのは、冷凍睡眠中の自動運航中だけと言ってもいい。

連絡船は、母港である地球時間、巡る目的地のすべての時間で運用されることになる。それをすべて理解して瞬時に換算するのは船長の仕事であり、乗客は今の時間に慣れるのが仕事である。

全人類の共通認識としてSI単位系は死守されている。星間ネットワークにより科学的知見も共有される時代だから、時間もまた技術の進歩とともに精密さを増した単位系が使われている。

SI単位系は、地球の大きさや自転周期をもとに、地球で生まれた。しかし、地球以外の惑星が母星を一回公転する一年も、一回自転する一日も、当たり前のことながら各惑星で違う。それぞれの開拓惑星では、地球とは異なる暦と時間系が採用された。

多くの開拓惑星では、最初に無人探査機が着陸した年か、あるいは最初に有人調査隊が上陸した年を元年とする暦を採用している。

公転周期が地球暦で数年に及ぶようなケースでは、一公転周期を何年かに分割するようなケースもあるが、ほとんどの場合公転一回を一年としている。

時間は、地球の一時間を採用する惑星が多い。これは、地球から持ち込まれた開拓初期の機器が地球時間の採用を前提に作られているため、それを現地に合わせて使う方が簡単だったからと言われている。

だから、どの惑星でも一時間、一分一秒は同じだが、一日の長さは一八時間四五分だったり三〇時間二二分だったりする。

「それに、どうせ次のディープブルーは地球とそう違った時計を使ってるわけじゃないでしょ」

「くじら座τ《タウ》星第五惑星ディープブルーの公転周期は二五八日、自転周期は二五時間七分です。一年は地球歴の三分の二、一日は四・六五パーセント長いことになります」

「年はともかく一日は誤差のうちね。それじゃあ、ディープブルーは今何年なの？」

「青暦二七五年になります。前にメイアがブルースターを訪れてから、ちょうど二五〇年ぶりの再訪です」

「二五〇年……」

それが太陽系生まれの自分の感覚であり、ブルースターのそれとは違うことを言い聞かせながら、私はその言葉を繰り返した。

「そうか、地球を出てはじめて到着した系外惑星だった。あのころはあなたも連絡船じゃなくて移民船の船長だったっけ」

「そうです。当時は、τ星系から廻れる開発惑星がまだなくて、移民団が下船し、地球からの物資を降ろしたあとは、ディープブルーで採取された博物標本を積み込んで地球に戻りました」

恒星間移民は、当時の最新技術の結晶である核融合推進機関でも片道六〇年以上、現地で推進剤を補給して地球に帰還するにも同じだけの年月がかかる。

人類初の開拓惑星となったディープブルーには、十数光年の距離をものともせずに巨大な資本が注ぎ込まれた。最初の有人調査隊による調査結果の到着を待たずに続々と次の開発船が発進したときは、地球を見捨てて新天地に移住するという陰謀論が大流行したという。

恒星間探査機が初めて発射されたのは、もう何世紀も前のことである。

人類最初の恒星間探査機、レーザーセイラーは、一一・九光年離れたτ星系を通過観測するために太陽系から発射された。

直径三〇メートル、重さ一グラムの薄膜一枚だけの探査機は、強力なレーザー砲で光速の二〇パーセントまで加速して射ち出された。一グラムの探査機にプリントされたセンサーだけではろくな情報は得られないが、それでも二〇年間にわたって一万二千機も発射すれば、さまざまな知見が得られる。

超高速で恒星間空間を駆けたレーザーセイラーのうちあるものは軌道を外れ、またあるものは機能を喪失した。初期加速を強力なレーザー砲で行なうとはいえ、その原理は太陽帆ヨットであるレーザーセイラーは、飛行中に申し訳程度の軌道修整と、目的地であるτ星の太陽光によるわずかな減速を行ないながら、くじら座τ星の北極方向からτ星系を通過観測した。

それによって人類は、恒星間空間と太陽系外近接星系について、多大な知見を得た。

レーザーセイラーによる通過観測は、τ星系のカイパー・ベルトから外惑星系、内惑星系に至るまで多大な観測データを地球にもたらした。届くだけで一二年かかり、受信のために大都市をすっぽり覆うほどの大面積のアンテナが可能な限り太陽から離れた外惑星系軌道に建造された。マンハッタンアンテナと呼ばれた太陽系最大の構造物は、今も現役で稼動している。

恒星間探査機の第二陣は、τ星系に留まって観測を続けるために、τ星の周回軌道に乗れるだけの減速性能を求められた。同時に、人類文明が存続しているあいだに観測データを受信するため、高速度飛行も求められた。

レッドコメットと名付けられた一機目の恒星間探査機は、全航程の三分の二を加速し、最後の三分の一は反転して主機関で減速してτ星系に達する。推進剤のタンクは巨大なものとなり、恒星間探査機はそれまでに人類が建造した宇宙機の大きさと速度の記録を塗り替えた。

太陽系から発進した探査機は、くじら座τ星に接近するにつれて観測精度を上げていく。探査機はまずτ星を観測し、接近するにつれて外惑星軌道にある巨大なガス状惑星を観測し、τ星系を覆う太陽系の十倍にものぼる密度の宇宙塵の分布を調査し、それから内惑星系の地球型惑星の観測を行なった。

かつて、宇宙開発は、必要なすべてのものを地球上から持っていかなければならなかった。しかし、恒星間開発は、はるか遠方から開始される。遠い新天地を光学観測し、探査機を送り、星系に関するデータを多く手に入れてから、上陸隊はやっと現地に辿り着く。

恒星間惑星開発では、開発する惑星に関するデータが最後に確認される。恒星間有人調査団が現地に到着するまでに、人類は母星であるτ星の構造や分類、星系を構成する惑星、小惑星から微惑星に至るまでの完全な軌道図とその資源分布を知り、無人機による資源採掘プラントをいくつも稼動させる。

新天地となるべき開発惑星の軌道上にはいくつもの観測衛星が配置され、生物相の分布まで含まれる精密な地図を作り、気象観測データを蓄積する。

そして、静止軌道上で最初の軌道エレベーターの建設が開始される。建設のための資材は、τ星系の小惑星や微惑星から収集され、精錬される。無人プラントで精製された資材をもとに、静止軌道上で地上との変動がもっとも少ない二点の片方に建設される。

そうして作られる軌道エレベーターは、最小規模のものになる。地上側施設がない状態で静止軌道から下ろされたテザーから最初に地上に降りるのは、エレベーター建設用ロボットに背負われた地上施設建設資材と、それを組み立てるためのロボットだ。

軌道エレベーターの本体であるカーボンナノチューブから軌道上、地上設備建設用の高強度素材に至るまで、すべての原材料はτ星系の小惑星、微惑星から採取される。有人調査隊の到着以前に、先発の恒星間探査機はτ星系の小惑星資源調査を全て終えて、いくつかの小惑星上には資源採掘プラントを建設、移動可能な小さな資源惑星を第五惑星の周回軌道上に移動する。

もちろん、時間はかかる。しかし、光年単位離れた恒星間を移動するにも数十年かかる。自律行動するロボットは倦《う》むことも疲れることもなく、人類の到着以前から調査と同時に惑星開発を進行させる。

だから、私がはじめてディープブルーを訪れたとき、すでに軌道エレベーターが完成して稼動していた。開発初期から計画的に行なわれたおかげで、τ星系の宇宙開発は地球より整理され、効率良く整然と進んでいるように見えた。

最良の効率と最良の展開を実現できなければ、恒星間宇宙開発はできない。

地球とτ星では、連絡を取るだけで片道一二年弱、すぐに返事をしても往復で二四年弱もの年月が必要になる。そこから恒星間宇宙船を発進させても到着までに最短で半世紀かかるのだから、地球からの救助や援護は当てにならない。

恒星間惑星開発は、その最初からτ星系だけで完結しなければならない。必要な資材も人材もすべて現地に持ち込み、資源は全て現地で調達しなければならない。

地球暦で二〇〇年ぶりに訪れるτ星ディープブルーは、こうして現地の青暦で三〇〇年を迎えた。

「だいぶ、変わったでしょうね」

自分にとってはほんの十数年前だが、現実の時間では二世紀以上昔、もう歴史の中に繰り込まれてしまったディープブルーの風景を思い出す。赤道上に作られた軌道エレベーター、スペースタワーのまわりには、あの当時でも近代的な都市が建設されていた。

「開発は順調です」

船長は涼やかな声で答えた。

「人口は移住者と現地生まれを合わせて二〇億を超えました。星間ネットワークの中継基地として、地球に続いて二つ目の遺伝子保管庫《ジーンバンク》も設置されています」

「そっか……」

私は頷いた。

「どうせこれから到着までに、現地の状況をじっくり勉強しなきゃならないんでしょ」

「データは揃っています」

船長は答えた。

「到着までの時間潰しに苦労する心配はありません」

「誰も心配してないわよ」

私は寝る前と同じケースを開いてVRゴーグルを掛けた。視界いっぱいに映し出された星間ネットワークの模式図はちょっとだけ大きくなってちょっとだけ複雑さを増していた。


人類の生存圏が光年単位の恒星間宇宙にまで拡がるのと同様に、情報伝達のためのネットワークもまた拡がっていた。

最初の恒星間ネットワークは、τ星へのフライ・バイとなったレーザーセイラーからの観測データを太陽系で受信するために構築された。

レーザーセイラーの微弱なデータは、まっすぐに太陽系で受けようとするとτ星からの放射に紛れてしまって受信できない。そのため、τ星から外れた方向に中継用のレーザーセイラーを飛ばし、一二光年かけて飛んでくるデータの受信を確実なものとした。迂回する分だけ信号の飛翔時間は長くなるし、地球への到着も遅れるが仕方がない。

恒星間に浮かぶ中継ステーションは、星系ごとにある送受信のための巨大設備とともに星間ネットワークの重要な根幹を為す。そして、光速で恒星間を行き交う莫大なデータが、星間ネットワークの本体である。

τ星と太陽系は、一一・九光年離れている。情報が恒星間空間を駆ける距離は、中継ステーションを経由すれば一二光年を超える。その間、放たれた情報は拡散して微弱化するが、内容は保たれる。

恒星間連絡船もまた、ネットワークの一部である。連絡船は、出発地と到着地のネットワークを辿っていくから、双方からの情報を受信し、飛行時間の分だけ全てを蓄積し、空間に蓄積される情報を機械的に記録してバックアップする。

そうして蓄積された莫大な情報を、連絡船の記録員は、名目上はすべてチェックしなければならない。

現実的には、再生するだけで全寿命の何百倍にもなるような膨大な画像記録や、図書館いくつ分にもなる文書記録を全部チェックするのは不可能である。しかし、これから到着する目的地に関する知識はインプットしなければならない。

私は、ディープブルーに関する最新情報をVRゴーグルの視界に呼び出した。

目の前に、白いスペクトルG型恒星からの光に祝福された青い惑星が映し出された。十数万キロ離れた位置からの視界だろうか。それだけ離れていても、記憶にある昔のディープブルーとの違いはすぐに見て取れた。

「……ずいぶん開発されたわねえ」

τ星第五惑星、ディープブルーは、太陽系に最も近い開発惑星である。

太陽系から遠く離れた地球型惑星の開発計画は、念入りに練られ、構築される。

惑星開発は、すべての必要な技術と情報と資材が揃っている状態から開始される。惑星地表に持続可能な生活圏を建設するために、その工程は効率化され、高速化されている。

最初の有人調査団がディープブルーに到達したとき、彼ら、彼女らは詳細な地図と植生図を持っていた。

それ以前に、観測衛星と無人着陸機、地上探査車と調査用ドローンにより、大気圏内から海中、水中に至るまで徹底的に調査されている。有人調査団の仕事は、蓄積されたデータの確認と、地球生命体の現地への適応確認になる。

現地で人類を含む地球生命が生存、繁殖可能なことが確認されれば、植民惑星としての開発が本格的に進み出す。

恒星間を隔てた資源輸送は現実的ではない。しかし、環境汚染も権利問題も心配する必要がないまっさらな文字通りの新天地は、人類の生存圏の拡大をそのまま実現できる。

久しぶりに見たディープブルーは、漆黒の宇宙空間を背景にτ星の光を受けて青く輝いていた。赤道上の軌道エレベーターステーションは見違えるように拡大されている。

ステーションの周りには超大型から小型までさまざまなタイプの宇宙船も遊弋《ゆうよく》している。地上との往復は軌道エレベーターが担っているから、大気圏に突入して飛行できるような流線型のスマートな機体は探さないと見つからないくらい少ない。

「さすが、最新の開発惑星」

宇宙開発のコンセプトアートのような風景を見て、私は呟《つぶや》いた。

「うまくいってるみたいじゃない」

「系外惑星の開発は、既存の技術をもとに計画されますから」

船長が説明してくれる。

「開発のための機材が現地に到着するまでに数十年かかるあいだにも、技術は進歩します。開発工場と研究所をそのまま現地に送るようなものですから、現地での機材と計画のアップデートも可能です。これだけ人口が増えれば、開発に投入される人員も増えますから、最先端の研究環境を擁する地球よりも早く新しい理論や機材を投入することもあるそうです」

「なるほど、技術面ではうまくいっている、と」

開発では後発とならざるを得ない系外惑星の利点は、光速による時間差で一二年遅れになるとはいえ地球の最先端理論をそのまま使えるところにある。

情報は光速で届くが、それにより作られた現物が系外惑星まで届くのにはその数倍の年月がかかる。そのあいだに地球では新技術、新機軸が実用され、改良され、そのデータも本体より先に系外惑星に届けられる。

「エネルギー供給インフラも先に建設して、小惑星資源に関する調査も完了した状態からの星系開発ですから、τ星系の開発は太陽系のそれよりもはるかに順調、高速に進んでいます。現地での調査結果による変更についてもほぼ予定通りといっていいでしょう」

まだ距離が遠いから、静止軌道上のステーションと地上を結ぶテザーは目視もできない。しかし、地上に視線を落とせば、軌道上からでも人工の都市が確認できる。人工的な岩礁が同心円状に拡がっている洋上建築は、前に来た時には静止軌道上から視認できるほど大きくはなかった。

「それで、社会は?」

船長が答えるまでに少し間があったように感じた。

「かつての新大陸と同じ問題を抱えています。どこにでもある、世代間の問題です」

「気を使わなくていいわよ」

また、寝ている間に人工知能の人間に対する会話の倫理規定が変更になったのだろうか。船長をはじめとする人工知能の長所は情報を処理するにあたって、人間的斟酌《しんしゃく》が加わらないところにこそあると思っている。それに、人工知能に持って回った言い方をされると、情報の伝達に齟齬《そご》が出てしまう。

「ストレートに、お願い」

「ディープブルー以後の開発惑星でも、歴史上は移民によって開拓された国に出てくる問題が起きています。移民第一世代は比較的うまくやるのですが、現地生まれの第二世代と移民第二世代以降は折り合いが悪いのです」

「移民団も現地生まれも第二世代以降が喧嘩できるくらいうまくいってるってことじゃない」

環境が厳しい場所なら、生き残ることだけで精一杯になる。仲間内での争いは、それができる余裕がなければ発生しない。

「それだけではありません。自然分娩で生まれたものと、人工子宮で生まれたものとの争いもあります」

「どっちで生まれたって、最新医療のお世話になるんでしょ？　ばかみたい」

軌道上から青い星を見下ろしても、社会的、政治的な問題など見えない。

「それくらいしか問題がないなら、別に心配ないんじゃない？」

「それくらいの問題も解決できなくて、他の問題は解決できるのでしょうか？」

また哲学的な問いを返すようになったと思いながら、私は答えた。ときたまぶち当たる、人工知能をチューニングしたプログラマーの癖が見えるような会話が、私は嫌いではなかった。

「生存が危ういほどの問題はないんでしょ。人類ってのはたいしたことない問題を後生大事に抱え込んで解決を先送りする悪癖があるのよ。ええと、集団生活する動物は異物に敏感になって排除しようとする性質があるんでしょ？」

「オールドステーションの最新データが得られました」

船長は簡単に話題を変える。

「中に入りますか？　それとも、先に地表に降りますか？」

ＶＲゴーグルの視界に生成される立体画像は最新データから再構成される。こちらの希望通りに、どこにでもすぐに行ける。

「型通り、ステーションの中を覗いていきましょ」

前に来た時には、エレベーターのターミナル・ステーションはこれほどの規模ではなかった。予定通り到着できれば自分の目で確認することになるが、事前に得ておく情報は多いに越したことはない。

「わかりました。では、ステーション周辺を回航するバス経由で、ステーションに入ります」

「今、そんなになってるの？」

ディープブルーの第一軌道ステーションの周辺には広大な係留空域があり、有人無人、大型小型の宇宙船が多数遊弋している。

τ星系は、第五惑星以外にハビタブルゾーンにふたつの惑星を持つ。双方に観測基地があるが、観測隊は常駐していない。軌道上からの観測衛星と、地上の無人観測機器により、データは充分に取得できる。

ディープブルーの第一軌道ステーションにオールドという形容詞が付いているのは、赤道の反対側にある第二軌道エレベーターがニューステーションとして稼動開始したからである。しかし、軌道ステーションとしては依然として最大の構築物であり、ディープブルーへの正面玄関としての地位を保っている。

星系内外からオールドステーションにやってくる宇宙船の過半は、資源をディープブルーに運んでくる無人船である。定められた軌道を決められたスケジュールに従って保守の必要もない鉱物資源を運ぶだけなら、有人運航の必要はない。

オールドステーションを使う有人宇宙船の大半は、観光船である。ディープブルーの周辺にはオールドステーション以外にも多数の学術研究都市、工場、歓楽施設などが浮いていて、二つある月までは観光圏に入る。

第一ステーションにもドッキング設備はあるが、人と大きくない貨物の移送なら低質量のバスを巡回させる方が効率がいい。そして、宇宙船の運航スケジュールは綿密な計算によって先の先まで決まっているから、周辺空域を廻るバスも効率的なスケジュールを立てやすい。

バスの運航スケジュールを見てみると、比較的小型の高速バスは有人輸送に、大型の低速バスは貨物輸送に振り分けられていることがわかる。

到着はまだ二ヶ月も先なのに、恒星間連絡船の到着予定もオールドステーションのスケジユールに入っていた。宇宙船としては最大サイズの図体だから、係留スペースはオールドステーションの近傍ではなくラグランジュ点に指定され、係留中の整備と補給スケジュールまで作られている。

「バスは、チューブでステーションとドッキングします」

オールドステーションの周辺を軽やかに飛ぶ連絡バスは、フレキシブルチューブでドッキングした。ステーション側から延びているチューブは接近する連絡バスのドッキングポートに合わせて生物じみた動きで結合する。

「大気圧を保持するエアフィールドなんかはまだ開発されてない？」

「残念ながら慣性制御技術も反重力機関も開発されていません」

前の寄港の時も同じような会話をしたような気がする。あの時は、いちばん科学技術が進んでいるはずの太陽系でも？　と訊いた。

「太陽系でも、他の星系でも、まだ開発されていません」

先回りしたように、船長は答えた。

「だから、我々は旧態依然の既存の技術で宇宙を渡っています」

「実現の見込みは？」

この質問も、前にしたかもしれない。あれから数十年経って、状況は少しは変わっただろうか。

「ありません」

船長の答えは、前に聞いた時と同じだった。

「何年かに一回、どこかの星系で超光速機関の発明に成功したとか、検証された理論が発表されたというニュースがありますが、宇宙人とのファーストコンタクト同様にその後の確認も追試も後追いのニュースも出てきません」

「超光速も宇宙人もなしか。つまり世界はおおむね平和である、と」

「幸運なことに、恒星間戦争は起きていません」

船長の言葉に、私は引っ掛るものを感じた。

「恒星間戦争？　それじゃ、惑星間戦争は起きてるってこと？」

「太陽系には宇宙戦艦と宇宙海賊船がいるそうです」

「……あっそ」

宇宙戦艦なら国家が運営しているのかもしれないが、宇宙海賊船はどんな組織がどうやって運用しているのだろう。

連絡バスのドッキングポートに結合したフレキシブルチューブから、オールドステーションの入星管理区域に入る。

「上陸前に必要な処置は？」

星によって、上陸前にワクチンや消化酵素が法令で定められている。逆に、星系外から病原体などを持ち込まないように、規程の健康チェックも必要である。

「免疫がないと思われる病気についてはパターンが送られてきて、すでにメイアのナノマシンに転送済みです。体内のナノマシンが、免疫を作っているはずです」

「追加で呑まなきゃならない薬とか注射は？」

「冷凍睡眠からの覚醒時に投与済みです。現時点で必要な措置はありません」

「さすが、太陽系に一番近い最古の開発惑星、いろいろ行き届いてるわね」

「管理センターに入ります。生体センサーで個体パターンは確認済みなので、ＩＤカードの提示や指紋、虹彩のスキャンの必要はありません」

「そりゃまあ、何十年も経てば認証システムも変わるわよねえ。生身以外に必要なものは？」

「必要データは先に転送してありますし、追加の申請もこちらで処理しておきます。現地でいくつか肉筆のサインを求められるでしょうが、面倒な事務仕事はこちらに任せて本来の仕事に専念できますよ」

　ドッキングチューブの中からステーション内に至るまで、監視カメラからセンサーから私の知らない新開発のスキャナーまで装備されていて、常時監視、検査されているのだろう。プライバシーを重視するよりも、安全第一でちょっとした不調まですぐに知らせてくれる方がありがたい。

　第一ステーションのすべてのポートには、同様のシステムが装備されて、とくに外部からの旅行者に関しては厳重なセンシング、スキャニングが行なわれる。ひとつひとつの惑星はほぼ閉鎖環境だから、外部からの病原体を含む危険生物の持ち込みに神経質になるのはしょうがない。

ポート側二重、本体側二重の厳重な隔壁を抜けると、オールドステーションのメインブロックに入る。

はじめて、その星の住人たちを見るときはいつもどきどきする。何に、って、ファッションに、である。

地球を遠く離れても、種としての人類はそれほど変化しない。背が高くなったり低くなったり、太ったり痩せたり、その中央値はいろいろ変化するが、頭部に目と耳と鼻と口があり、腕が二本に脚も二本というその基本形は変わらない。

長い年月を経れば、生物学的な変化で体型が変わることもありうる。環境による変化はもっと直接的で、早い。簡単な医学的処置で環境により適応できるなら、ためらう理由はない。だから、住む場所によって生物学的差異が出ることは承知している。地球上に発生、進化した人類だって肌の色が違うのだから、他の星に行けばさらに差異が拡がる可能性は理解する。

しかし、ファッションは科学性や合理性とはまったく別な理由で成立する。伝統や流行はこちらの想像も予想もしないところに行ってしまう可能性があり、そして恒星間連絡船の乗組員は冷凍睡眠している数十年の間、最新の情報から完全に隔離される。

寝ている間に流行はどうなるかわからない。

私が地球を出てもうとっくに二五〇年を超えているから、自分のセンスが古いものだとは自覚している。それでも、当地で流行しているファッションがどうしても理解しがたいものだったり、また様々な理由で強制されるものだったりする場合、現地での仕事は苦痛に満ちたものになる。

逆に、現地のファッションが直感的に受け入れやすいものなら、それだけで現地での仕事が楽しいものになると期待できる。

現地の現在のファッションがどうであれ、それはそのまま受け入れるしかない。軌道上のステーションで最初の公共スペースが目の前に開ける瞬間は、私にとってはその星での仕事の第一印象を決める重要な瞬間だった。

「え……?」

メインブロックは、レンズ状の巨大な空間だった。外壁に、ショップや施設がみっしり建ち並んでいる。無重量状態の巨大空間は、慣れない初心者の滞留事故を招く可能性があるので、いろいろ対策が必要になるのだが。

広大な無重量空間を、何十羽もの鳥が飛んでいた。見間違いかと思って、私は近くを飛ぶ一羽の鳥をズームアップした。

「は、羽ー⁉」

　上下がない無重量空間を考慮したらしい上下ツナギのカラフルな作業服を着た女性の背中から、白い翼が拡がっていた。ばさりと羽ばたいて飛んでいく。本物の羽か？　わずか数世代で哺乳人類が翼を得たのか？　それとも生体部品を手術かなにかで接合したのか？

「ちょ、ちょっと、これいつの映像⁉」

　共通語のアナウンスに人混みらしい喧噪、サーキュレーターを含むかすかな機械音、各店舗が流すＢＧＭなどが渾然一体となって耳に飛び込んでくる。巨大な無重量空間を自由自在に飛び回っているように見える色とりどりの翼人たちを見ながら、私は船長に訊いた。

「ディープブルーのオールドステーションから送られてきた、最新のデータです」

　船長はすらすらと答えた。

「船内時間との比較で、一八時間前のものになります」

「ほぼ、最新？」

　羽ばたきがあまりに自然なので惑わされたが、無重量空間を飛ぶ翼人たちの背中にある翼は、その体重を支えるには小さすぎる。また、よく見ると色とりどりの翼も鳥のようなものだけではなく、コウモリのような骨張った翼やもっと細い昆虫の翅《はね》のようなものまである。

「……あの羽はなに？　まさかと思うけど、あれがディープブルーの最新流行じゃないわよね？」

「無重量空間を移動するための翼です」

船長は観光ガイドのように答えた。

「無重量空間を効率的かつ安全に移動するためにさまざまな方法が考案され、試験されていますが、現在は安全性と見た目で翼を拡げるのがここの流行です」

船長の答えに安心しつつ、私は念のために確認した。

「地上に降りてまであの翼で動いてるわけじゃないわね？」

「あの大きさの翼では、ディープブルーの地表の気圧と重力加速度では体重を支えられません」

「よかった」

落ち着いて見渡せば、翼なしで無重量空間にふわふわ浮いている人間も見つかる。

「背中に翼付けるのが流行のファッションってわけじゃないのね」

やっと安心してステーションを見物できる。

といいつつ、飛び回る人影から目が離せない。

羽ばたく翼に白や熱帯の鳥を思わせる極彩色が多いのは、安全確保のためだろう。羽ばたいているときがもっとも翼が力強く拡げられ、飛行中はそれほど大きく拡げられていない。

「そっか……」

小鳥の中には、滑空せずに羽ばたいた直後に翼を畳んで弾道飛行に入り、また羽ばたくスタイルの飛行をするものがいる。

「飛行中に揚力が必要ないんだ」

無重量状態の広大な空間で必要なのは推力だけで、地上なら必要になるはずの重力に抗するための揚力はいらない。揚力があると、どんどん上にずれて行ってしまう。

「そーいや重力環境に慣れてる鳥や虫を無重量空間に放すと宙返りばっかりしてるって実験があったっけ」

鳥でも虫でもそのうちに慣れて無重量空間を自由に飛び回れるようになる。人間相手なら事前の講習も可能だから、もっと簡単だろう。

「ファッションより、翼が気になりますか？」

船長に質問されて、私はいつもと違う場所を見ていることに気付いた。

「そうね。楽しそう」

「到着すれば、いくらでも体験できますよ」

「記録員として、ステーションに長居するわけにはいかないだろうけど」

恒星間連絡船に乗り込んでいるのは、記録員として現地の様子を記録するためである。

「でも、まあ、楽しむくらいの余裕はあるでしょうね」

第二章　τ星系第五惑星、ディープブルー
惑星記録員、ミランダ・カーペンターの記録

無重量空間は嫌いだ。中学校の修学旅行ではじめて経験した無重量状態は、内臓が無理矢理押し上げられて口から出てきたがるような嘔吐感でろくな思い出がない。クラスの四人にひとりは吐いたけど、わたしは意地で吐かなかった。

はじめて体験した無重量空間の気持ち悪さは、はじめて軌道上から見た母なる星、ディープブルーの美しさともども遺伝子レベルで記憶に刻み込まれている。

一泊二日の宇宙学校では、無重量空間に慣れることはできなかった。クラスメイトの中には宇宙酔いにもならずに元気に遊び回っている宇宙向けの適合者もいたが、私はあの経験で宇宙関係の職場を自分の進路から外した。

開発惑星で宇宙関係を将来の進路希望から外すのは、エリートコースから降りるようなものである。わたしの代で移民も第六世代、地球からの移民も現地生まれも増えて、地上環境も順調に開発されている。

τ星系では第四惑星の開発も開始されている。片道だけで何十年もかかるけど、太陽系や他の星系への航路も拓かれている。

でも、無重量空間のあの気持ち悪さはもう二度と経験したくない。

そう思っていたから、教育期間の終わりが見えてきて就職先を考えたときに、ステーションでの宇宙勤務が候補に入ってきたのは自分でも意外だった。

成績はいい方だった。だから、選択できる職業の幅も、さらに上位の専門教育学校に進む選択肢もあった。そして、その中には当然のように銀河ネットの名前もあった。

銀河ネットは、正式には、銀河連絡記録公社という。恒星間ネットワークの基幹会社であり、恒星間連絡船を運航する親会社でもあり、最遠部を飛ぶ恒星間探査機までその配下にあることから、人類宇宙最大の会社といわれている。

宇宙征服を企む悪の秘密結社とか悪の侵略会社とかいろいろ言われているが、わたしの理解ではその実体は全てを記録し、保存し、未来に伝えるための巨大な記録機関だ。

恒星間探査には人の寿命では足りないような年月がかかる。恒星間観測を行ない、その結果に従って有人観測隊を出し、惑星開発を行ない、恒星間移民を行なうには、さらに長い年月と費用が必要になる。

人類史に残るような、生存圏を拡大する巨大な事業のためになにより必要なのは、信じられる真実の記録である。恒星間をわたる探査機や有人宇宙船を建造するにも、光年単位の空間を安全かつ確実に飛行するにも、現地の状況を観測するにも、それまでに得られた知見と記録が不可欠である。

だが蓄積された知識や記録は、容易《たやす》く失われる。

銀河連絡記録公社は、人類が得た知識や記録を永遠に保存し、アクセスし、アップデートし続けるために設立され、活動を続けてきた。

主な事業内容は、恒星間にわたる情報ネットワークの維持運用とそこに流れるすべての記録保持である。

昔は、貴重な記録は本や巻き物に綴じて保管していたそうである。昔の本は一字ずつ人の手で写して増やすしかなくて、一冊でも家一軒分くらい高価に付くもので、だからそんな本や巻き物がいっぱいある図書室や図書館は富の象徴でもあったという。

昔の紙は植物の繊維質を取り出して薄くのばしたり、あるいは動物の皮を薄く削いだもので、高価だが丈夫なものではない。何冊も作られた本や巻き物のうち、いくつかは写し続けられることによって生き延びたが、残っている現物は人類発祥の地である地球にもそれほど多くないらしい。

そんな本を大量に収蔵する図書館を永遠に存続させることは困難である。

古代の地球のエジプトという国にあったという最大の図書館は、数百年にわたって存続したが、結局失われた。そこに貯蔵されていた書物に記されていた知識と記録の量は、現代の価値ではそれを維持していた国家の何倍にもなるだろうと見積もられている。

どんな記録も、永遠に保持することはできない。文明発祥の星、地球には、石に刻まれた文字が数千年、洞窟壁画は数万年以上も昔のものが残っているそうだが、本の寿命はそれほど長くない。電子記録化されたデータの寿命は発明当初は永遠と言われたそうだが、それが夢想であることは早々に証明された。技術発展による機材の更新は、簡単に旧規格の記録の読み出しを不可能にしてしまう。

銀河ネットの母体となったのは、地球で電子ネットワークを構築していたネットワーク運営会社だったという。幾何級数的に増大するデータの保存とアクセスをどうすれば効率よくかつ確実に行なえるかという問題は、数限りない試行により少しずつ解決されていった。データの保存に関しては、何重にもバックアップを取り、分散して保管する。

かつての巨大図書館の喪失が国家の滅亡よりも損失としては巨額であると算定されたのは、替えがなかったからである。

電子化されたデータも、それが記録されたディスクや電子回路はそれまでより頑強であるとはいえ、いつまでも使えるものでもない。しかし、それらを複製し、分散して保管しておけばどれかが失われたとしてもすぐに復活できる。複製が増えるほど、保存の強度は増す。

人類が発祥の星である地球から徐々にその活動範囲を拡げるにつれて、貴重なデータの保管場所も惑星地表から衛星軌道上、さらに安定した環境を求めて外惑星軌道上に拡がっていった。惑星地表では天候や地震などの局所的な災害が避けられないが、宇宙空間ではその確率を下げることができる。充分な防護策をとり、太陽から離れた外惑星系に巨大なデータステーションを置けば、その安全性はさらに高まる。

恒星間探査が始まり、ネットワークの範囲が惑星間から恒星間に拡がり、まだ人類が到達していない宇宙空間からの観測データが届き始めた時点で、ネットワーク運営会社はさらなる役目を担わなければならないことに気付いた。

年単位の年月をかけて空間を駆けてくる観測データは、確実に受信され、解析されなければならない。

最初の恒星間探査機は、一企業の主導により発射された。その後、数十年後に届くはずの観測データの受信のために巨大なアンテナの建設がはじまった。

太陽という巨大なノイズ発生源の影響を可能な限り避けるため、アンテナは外惑星系のさらに外側に建設された。惑星上の島よりも大きなアンテナが宇宙空間を駆ける恒星間探査機からデータを受け取り、また天文台として観測成果を上げはじめたとき、人類はその持てるネットワークが星系内から恒星間に拡がったことを知った。

銀河ネットの前身にあたるネットワーク運営会社は、恒星間探査機の発射前から宇宙開発を支援していたという。

ネットワーク運営会社が保持している膨大なデータがどれほど貴重なものであると、最初から理解していたのかそれともどこかの時点で気付いたのかは今でもわからない。

恒星間を結ぶ通信網とそこに流れるデータが人類の生存圏のために必須であることが自明の理になって、銀河ネットは民間企業ではなく公社に格上げされた。

開拓惑星は、自治が基本である。連絡だけでも十数年、旅行するには数十年もの時間に隔てられた複数の社会が同一の社会体制を保持する合理性はない。しかし、恒星間を隔てられても同種の知性体が生存して交流があるのなら、最低限のルールは必要になる。

星間法と呼ばれる、文明に共通のルールは、最初に恒星間有人調査隊が派遣されたときに地球で規定されたという。

多分に理想主義的な星間法は、その制定と同時に矛盾を抱え込んだ。

法律もルールも、永遠に不変ではない。必要に応じて改変していくものである。

しかし、光速でも年単位離れている場所の片方で法律が合理的な理由で改正されたなら、その情報が遠隔地まで伝わるのは何年も遅れることになる。こんな状況で、全宇宙的に公正な法の運用ができるのか。

それに関する議論は今も続いているし、理想主義的な法学者はそれができると信じている。

恒星間に拡がった人類の生存圏で共通の法体系が維持されるためには、全員が共通の価値観と倫理観を持っていることを確認し続ける必要がある。宇宙のあちらとこちらで適用される法の精神が違うなら、それは同種の知性体ではないというのも法学者たちの共通認識である。

　だから、恒星間に拡がる銀河ネット公社の存続は、文明の存続に不可欠とされた。こうして銀河ネット公社は、人類圏に住む我々にとって倒産や失業の心配のない、公務員よりも固いもっとも安全確実な就職先になった。


　宇宙で働くなら、観測員や探検隊などいくらでも仕事がある。τ星系、ディープブルーに於いて、宇宙産業は一番の就職先だった。その中で銀河ネットを就職先に選んだのは、大学でもそこそこ優等生だったわたしが、レポート作成の特技をもっとも活かせるだろうと思ったからで、宇宙で働きたかったからではない。

　逆に、銀河ネットなら、宇宙産業というイメージのわりに地上勤務で楽ができるだろうという目算があった。

　入社試験や面接で、無重量空間が苦手だということを隠してはいない。身上書にも記入したし、それに関する健康診断も受けた。

　幸運にも、というか残念なことに、というべきか、身体的にはわたしには無重量空間を忌避すべき要素は発見されなかった。

　また、銀河ネットでは仕事や勤務先は本人の希望をきいてくれるのが普通である。人材は豊富だから、やる気のある人員をその能力が活かせる場所に配置するのが一番効率がいい。

銀河ネットに勤めつつ、人気のある宇宙勤務さえ希望しなければ、わたしはディープブルーの重力下で安定した生活を安穏と送れるはずだった。

　だから、第一軌道ステーションの地上駅の銀河ネットの場末の支所に呼び出され、直属の上司に口頭で伝えられた仕事にわたしは思わず聞き返した。

「記録員《ロガー》の出迎え⁉　ですか⁉」

「そう。宇宙人に会いたいって言ってたでしょ？」

　今でこそ上司だが、高校時代は文学部の先輩だったジャスミン・ハッチンソンはいつもどおりの笑顔で言った。

「そ、そりゃ言いましたけど、あれは地球出自の人類じゃない別の知性体と会ってみたいって意味であって、記録員や旅行作家と会ってみたいって意味じゃ」

「生まれは地球暦で三〇〇年以上前ってえからこっちの数え年だともう三五〇歳以上、公社でも最初の記録員の世代よ。おまけに地球出身で、τ星系に来るのは二五〇年ぶり二回目、連絡船の次の目的地は地球」

「特級のＶＩＰじゃないですか⁉」

　冷凍睡眠で長い年月をかけて恒星間を渡る連絡員は、銀河ネット公社の中でもネットワークや記録と同等に重要な存在である。開拓初期の惑星植民に同行して、半世紀後に大量の現地の標本と記録を持って帰ってきた乗組員が最初の連絡員であり、そののち連絡船の運航が完全自動化されるにつれて運航監視名目の連絡員、現地の記録を自分の言葉で記述する記録員が乗り込むようになった。

映像や文章、仮想現実などで完璧な記録ができるようになったのに、なぜわざわざ記録員を同行させて紀行文を書かせたり音声解説を追加したりする必要があるのか。最初のうちは、現地で記録が確実に録れていることを確認する人間が必要だったのだという。しかし、得られた記録が恒星間空間を長い年月をかけて届けられるうちに、最新の記録は過去の記録となる。

過去の記録を見るときには、過去の記録員の証言が貴重な手掛かりになる。記録員の職歴は生年月日も含めてすべて記録されているから、その発言が意図するところも理解しやすい。そして、記録員が人の平均寿命を遙かに超えて恒星間空間を飛び、はるかな世界を記録するようになって、記録員そのものが貴重な存在になっていく。ある場所では古代から生き続ける感性の見本となり、またある場所ではまったく違った視点を提供する。

だから、初期から飛んでいる記録員はそれだけで価値がある。

「そおよお。おまけにこの貴重な宇宙人は、言葉が通じる。ファーストコンタクトして辞書作る苦労や価値観を共有するステップをスキップできるだけでも、会う価値があると思わない？」

「そりゃあ、会ってみたいですけど」

その手順を思い返して、わたしはジャスミン部長に抗議した。

「そのためには、宇宙に行かなきゃならないじゃないですか！」

記録員の出迎えは、ステーションで行なわれる。地上からステーションへの移動は軌道エレベーターを使うから時間はかかるが、快適である。問題はその先だ。

軌道エレベーターの終着駅であるステーションは、そのほとんどが宇宙空間らしい無重量状態である。遠心力による人工重力ブロックはあるけどそれは救急用の救護設備程度の扱いで、港湾区画から工業区画、遊園地からホテルに至るまで無重量状態だと思った方がいい。

「無重力が苦手？」

ジャスミン部長はわたしを軽く睨み付ける。

「うちの会社でそれでやっていけると思ってるの？　ってのはまあ冗談にしても、昔よりは宇宙酔いの薬もよくなってるし、それに宇宙酔いでひどい目に遭ったのは子供の頃の話でしょ。大人なら無重量への適応も早いし、子供の頃に宇宙を経験してるならすぐに慣れるってレポートも出てるわよ」

「でも！」

「いい機会じゃない。ただのおつかいでステーションに行って宇宙酔いになるよりは、目的を持って行く方がいいでしょ」

「それは、そうですけど」

これでも、他の子供と同じように大人になったら当たり前に宇宙に出る未来を思い描いていたのだ。無重量状態のあまりの気持ち悪さは子供の夢を洗い流すには充分だった。

銀河ネット公社に就職したからといって、公社員全員が宇宙空間に出るわけではない。宇宙船乗《ふなの》りのみならず移民全員が家畜に至るまで恒星間空間を渡ってこなければならなかった開拓初期ならいざ知らず、地上で生まれた第二世代以降は一生宇宙に出ないものも珍しくない。というより、一生宇宙に出ない開拓民が多数派である。

銀河ネット公社に勤めれば、もちろん宇宙空間に出る仕事もいっぱいある。しかし、宇宙勤務は人気があるから、うまく立ち回ればずっと地上勤務で過ごすことも不可能ではない。

「でも、記録員のガイドってったら到着時と出発時の最低二回はステーションに上がらなきゃならないじゃないですか！」

「二回で済むと思えばいいじゃない。記録員のガイドって言えば大仕事なんだから、それで二回もステーションに上がって宇宙に適応できなかったってことになればあとの仕事は全部地上でってことにもできるでしょ」

「二回じゃ済みませんよねぜったい！」

私は声を上げて部長に抗議した。

「やるってなればその前にステーションに上がっていろいろ予習して体調確認もしなきゃならないじゃないですか！」

「わかってるじゃない。予習しにステーションまで上がって、ドクターストップかかるほどの宇宙酔いでもすれば、もう二度と公務で宇宙に上がらなくてもよくなるかもしれないし」

わたしは一度深呼吸をした。事態を整理して考えてみる。

銀河ネット公社から退職すべき理由はいまのところない。わたしはこのあともここで働きたい。

ネット公社で仕事をするなら、宇宙空間に上がる機会は少なくない。就業期間が長くなればなるほど、宇宙に上がる機会は増える。そのすべてをうまくやり過ごせる保証はどこにもない。

宇宙空間の無重量状態に適応できるかどうかは、年齢や健康状態以上に本人の資質に左右される。わたしが子供の頃に体験した宇宙酔いは思い出したくもない経験だったが、症状としては特別ひどいものではなかった。

あまりに宇宙酔いがひどい場合は、ドクターストップがかかる。医者の診断書があれば、すぐに有重力環境の治療施設に入れるし、その後の勤務でも無重量環境を避けるように考慮される。

恒星間を渡る記録員の数は、それほど多くない。惑星間宇宙船に比べれば、恒星間宇宙船の数ははるかに少ない。年に何隻も来る船ではないし、年に何人も来る人でもない。

記録員、それもこの星が最初の訪問先ではなく、いくつもの星系を旅してきた記録員を直接アテンドする機会は、そう簡単に訪れるものではない。

「……わかりました」

どう考えても得るものの方が大きい。そう考えて、わたしは部長に顔を上げた。

「貴重な役目を廻してくださってありがとうございます」

「そう言ってくれるとおもったわあ」

初対面の頃から何度も騙された笑顔で、ジャスミン先輩は頷いた。

「それじゃあ、お願いするわよ。まずは、予習かな。最古の記録員だから今までに残された記録も多いけど、全部読まなきゃいけないわけじゃないから大丈夫でしょう」


記録員を迎えるとなれば、まずはその人の記録を確認、年齢性別と今までの経歴を調べなければならない。

τ星に向けて、もう数年前には減速行程に入っているはずの恒星間連絡船そのものについても最低限の知識は得ておかなければならない。性能要目、今までの飛行記録、直接の担当でなくても今回の寄港で予定されている整備や補給要綱くらいは知らないと話もできない。

〈銀河を渡る風〉は、初期のギャラクシーシリーズと呼ばれる恒星間連絡船である。

最初期の恒星間宇宙船は、無人の探査船だった。主機関は核融合機関ですらない原子力で、恒星間航行速度を達成するための推進剤は莫大な量になり、切り離し式の使い捨てタンクを装備した宇宙船はとてつもなく巨大だった。

数十年かかる片道だけの最初の探査飛行を有人で行なうのは、いくつもの面で現実的ではなかった。人の寿命は有限であり、長期にわたる宇宙飛行で間違いなく必要になる医療資源、生命維持環境を探査船に用意するのは非現実的だ。

そのため、恒星間探査船はそれまでの探査機と同様にメンテナンスなしに何十年、何百年も動き続けることを期待された。

数十年の飛行ののちにτ星系に到着した探査船は、各惑星観測のための探査機を放出した。着陸できる地面が確認できないガス状惑星には降下機を、地面がある惑星には着陸機を発進させる。

降下観測機は、到着後の観測結果に応じて調整され、大気圏を突破して地表に到達する。その後は、さらに大気圏内飛行用の子機を放出してサンプル採取、分析を含む観測、調査を続ける。

もっとも地球環境に近い惑星には、第二弾、第三弾の着陸機が発進して、さらに観測、調査を続ける。

無人探査船は、現地到着後も母船として星系を飛行し、機能し続けなければならない。

発進後数十年を経て初めて起動して動き出す観測機器も、それらを搭載して目的地に向かう子機も、製造後何十年も経ってから動くことが期待される。

そのために、人の手を介さずに完全に作動する整備修理システムが開発された。

3Dプリンターと極小から極大までのロボットアームを組み合わせた修理システムは、信頼性を画期的に上げると期待されながら、当初はあまり公表されなかったという。

今では当たり前のシステムがなぜ？　と思って昔調べた結果は、興味深いものだった。人の手が届かないところで運用される完全自律型の修理システムは、暴走した場合に人類の予想も付かない破壊力を持つ武器を産み出す可能性があると考えられていたのだ。

専門家なら一笑に付すし、説明されれば一般人でもその可能性はほとんどないと理解できるような問題である。

自律型修理システムは、コンピューターに記録されている部品しか作れない。宇宙船も探査機もモジュール構造設計であり、故障した部分はモジュールごと交換する。

作り出される部品は、地球まで届くネットワークで更新可能であり、ソフトウェアだけでなくハードウェアのアップデートまで可能である。

3Dプリンターとロボットアームの組み合わせは、極小の集積回路から大型の構造部品までの製造を可能とする。できあがった新しいコンピューターに新しいプログラムを組み込む機能も当たり前のように備えられている。

地球からτ星系までは一一・九光年あり、現地での調査結果に伴って探査機や観測機器をアップデートしなければならない事態は、出発前から当然想定されていた。そうしなければ、無人探査は続けられない。得られたデータを地球に送り、その判断を待っているだけで四半世紀もの時間が過ぎてしまう。

現地での修理と補給ができれば、現地での活動時間は当初の想定よりもずっと長くなる。活動時間が長くなれば、得られるデータも大きくなる。

コンピューター本体や3Dプリンターの修理改良までできるようにプログラムされたシステムは、人類初の完全自律系となることを期待された。地球からの支援をいっさい期待できない状況でも活動を続けられる探査船が建造され、送り出された。二隻目以降も改良を続けながら建造された。

開発に関わった技術者の、「これなら本社が倒産しても探査機は観測を続けられる」という言葉が残っている。

原子力で動き、自己修復機能すら備えた宇宙機は、それが遠く人類発祥の地である太陽系をはるかに離れた場所に送り出されるとわかっていてもさまざまなニュースバリューをもたらした。

遠い宇宙に送り出されたはずの探査船が、果てしない年月の果てに怪物的進化を遂げて帰ってくるお話がジャンルになるほど量産され、専門家は幾度となく説明を繰り返したという。

探査船のコンピューターは、数十年にわたる飛行中もデータを収集し、地球からネットワーク経由のアップデートもできるし、搭載した資材を使ってハードウェアのアップデートも記憶領域の拡大もできる。

しかし、現在の最高性能のコンピューターを持ってしても、プログラムされていないことはできないし、どれだけソフトウェアをアップデートしても人間のように「思い付く」ことはできない。

その代わり、機械は人間には真似ができない信頼性と勤勉さで仕事を続ける。

「もし、この探査船が我々の想定以上に進化するなんてことがあれば、それは人類が新しいステージに到達したくらいの偉業です」

関係者が残した言葉には、後世の創作も多いらしい。

「我々は、未だに人類が創造したものが勝手に進化するような段階には達していません」

核動力を装備した最初の無人探査機、レッドコメットと名付けられ、第一世代の星シリーズの一隻目となった探査船はτ星に送られた。それと同時にバックアップの二隻目が建造開始され、数年遅れて同じ目的地に旅立った。

到着した現地での補給の可能性については、想定しうるだけの対策が考慮されていたらしい。

最初の星シリーズに搭載された原子力機関の核燃料は、片道を全力運転して現地到着するのに余裕がある八〇年分だったらしい。τ星系に到着してから、存在が確認されている無数の小惑星の中から資源となりそうな鉱山惑星に探査機を送り、サンプルを採取し、実用になりそうなら採取機を送り、あるいは現地に採掘プラントを建設する。発見される鉱山惑星の種別によっては、核燃料の精製、換装も期待できる。充分な熱源となる核物質が採取できない場合は、太陽エネルギーなどの代替エネルギーで稼動し続けられる観測システムを構築する。

発進前から、想像できるありとあらゆる状況に対応するためのプログラムを作り続けたプログラマーは何千人もいたそうである。そして、星シリーズの無人探査船の発進後もプログラマーたちはボランティアに近い形でプログラムのデバッグとアップデートを続けた。

現在、どんな宇宙機にも普通に搭載されている自動修復システムも、その源流を辿るところの時に作られた仕組みに行き着くという。

すべての記録に記されている年月日の表示は地球暦のままなので、馴染みのある青暦に換算するのにちょっと手間がかかったが、調査した歴史は充分に興味深いものだった。知っていることもあるし、忘れていることもあるし、新しく知ることもある。

レッドコメットは、予定通りの航程でτ星系に到着した。しかし、長い恒星間飛行中に受けた損害により、観測子機の放出は予定の半分しか行なえず、修復システムの稼働率も成功率も期待したほどではなかったという。

数年遅れで同じ目的地に発進した二隻目の無人探査船、ブルージャイアントは、レッドコメットから得られた運用データをフル活用して改良された。こちらは予定通りにτ星系に到着したあと、レッドコメットをその指揮下に入れて休眠させた。

現在、ディープブルーを廻る軌道上博物館には、レッドコメットの姿はない。ブルージャイアントが、τ星系で最初に使える補給源としてレッドコメットに搭載された予備部品や資材、のみならずレッドコメットの本体やまだ余力を残していた核燃料もすべて徴発、使い尽くしたからである。

より改良されたブルージャイアントが到着し、自身が持ち込んだ観測子機に加えて、レッドコメットの観測子機も指揮下に入れて運用開始したことにより、観測効率は飛躍的に高まった。二隻分の予備部品と資材を得たブルージャイアントの運用は余裕を得ながら充実したものになり、その観測データは有人探査のスケジュールを十年早めたと言われている。

τ星よりも遠い星系にむけた無人探査船、ブラックトライナリー、ホワイトミーティアを送り出しながら、同じ推進ユニットを使った有人探査船がτ星系に向けて発進する。

このあたりまでが第一世代の原子力宇宙船である。

第二世代恒星間宇宙船ギャラクシーシリーズは、原子力よりも高出力、効率化、安全性が期待できる核融合機関を搭載した。一回の恒星間飛行で推進剤を使い切るのは同じだが、より高出力、効率化されたおかげで推進剤タンクは第一世代の原子力宇宙船よりも小さくなった。

第一世代の原子力宇宙船、第二世代の核融合宇宙船は、運用開始して得られた知見をフィードバックして細かく改良されていた。全体的な構成はだいたいいっしょに見えても、細部は改良されたり簡略化されたりしてどんどん更新されていく。

建造されるたびにタイプナンバーが変更されている初期の探査船は、もしどこか宇宙の果てで巡り会えたとしても部品交換しての再整備もできないほど改変されていたらしい。

恒星間探査がはじまったばかりの頃は、それでも問題は発生しなかった。初期の恒星間探査船は、到達地での推進剤補給が期待できないから、行ったきりの片道飛行しか考えていなかったのである。

第二世代の核融合宇宙船ができて、地球に一番近いτ星系の開拓植民が計画されて、やっと同じ航路を往復する連絡船としての宇宙船が設計された。

現在主流となった第三世代の反物質機関恒星間連絡船では、推進剤タンクはさらに小さくなった。

第一世代の星シリーズ、第二世代の銀河《ギャラクシー》シリーズと推進機関の出力と効率が上がるにつれて、推進剤タンクの大きさは小さくなっていく。第一世代では使い切ったタンクを捨てて飛行中の軽量化が必須だったが、第二世代のギャラクシーシリーズでは出発時のタンクも少なくなった。

しかし、発進時の船体質量の大半が推進剤で、一回の航行の加速と減速でそれを使い切るという飛行のスタイルは変わっていない。連絡船が目指す目的地は、開拓が開始されて恒星間宇宙船の補給が可能なだけの基地ができているという前提がある。これが未開拓の探査飛行なら、到着した星系で推進剤を組み上げたり精製したりするプラント建設用の資材まで持っていかなければならない。

定められた航路を飛ぶ連絡船なら、到着地で整備補給を受けられるから、それだけ船体を小型軽量化できる。

ギャラクシーシリーズの連絡船は、開発基地が稼動している開拓星系を廻るために建造された。恒星間空間を光速の二割を超える速度まで加速し、減速して光年で表される単位の数倍の年月をかけて航行する。

乗組員は、長い航行期間のほとんどを冷凍睡眠で過ごす。

開拓民や研究者など、連絡船の運航に直接関わらない乗客は、出発前から冷凍睡眠に入り、到着後に解凍される。

数少ない運航要員は、船の出発後に冷凍睡眠に入り、減速中に解凍される。光速の二割以上を達成する慣性航行に入ってから冷凍睡眠に入らない理由は、加速、減速にかかる時間が年単位で長いからである。

連絡船の運航は、ほとんど自動化されている。巨大な連絡船のシステムにしても、航路管制にしても、生身の人間が覚醒していたところでできることはあまりない。目的地の開発基地の人員が何らかの理由で全滅したとしても、連絡船は目的地に無事に到着して帰還できるだけの整備、補給を受けられることを目標にシステムすべてが開発された。

目標とされた連絡船の船齢は一〇〇〇年。

「てことは一四〇〇年かあ」

記録の数字をτ星系暦に換算してみる。最初にディープブルーに探査機が着陸した年を紀元一年とする青暦が現在までに数えた年月よりはるかに長いが、宇宙規格で建設、建造されるものならよく見る数字でもある。

しかし、最初から人の平均的な寿命の十倍以上の運用期間を想定してシステムを設計した先人たちはどれほど苦労したのだろうか。

恒星間探査は十年単位の飛行のあとに現地到着後は整備補給なしの探査観測作業を行なう。期待される信頼性は、無限大に近い。

今、ディープブルーに近付きつつある〈銀河を渡る風〉の船齢は青暦で三五〇年、標準暦でも二五〇年だから、期待される船齢よりも若い。船体や核融合機関も充分な耐用年数を残している。しかし、搭載されている電子機器や通信機器は自動修復システムによる地道なアップデートではカバーできないほど旧式化しているし、主推進機関である核融合ももはや主流ではない。

「いまさら再整備して送り出すよりは、せっかく生還した貴重な恒星間連絡船なんだから、そのまま記念船として太陽系で動態保存かなー」

〈銀河を渡る風〉は、地球に戻ってくる最初の第二世代恒星間宇宙船ではない。フレームにも主機関にも搭載機器にも充分な運用寿命が残っているが、いずれも再整備して再び就航させるには低性能に過ぎる。そのため、地球帰還後は練習船になるか保存船になるか、はたまた百年単位かけて数十光年もの宇宙を飛翔した恒星間宇宙船の貴重なサンプルとして研究対象になるか、まだ決定していない。〈銀河を渡る風〉が地球に帰還するのは数十年後の予定だから、無理もない。

数十年後には宇宙船はすべて反物質機関に置き換えられ、太陽系周辺で核融合宇宙船が航行するメリットはなにもなくなるだろう。電子回路の集積率が物理限界に達した今、コンピューターの計算力のさらなる上昇はそれほど期待できないが、ソフトウェアの改良はまだまだ続く。電子装備はこれからも更新されるだろうし、第三世代の反物質機関もまだまだ改良の余地は大きいというはなしだし、数十年後ならさらにその次の第四世代の宇宙船が飛んでいてもおかしくない。

〈銀河を渡る風〉は第二世代宇宙船、それも初期型とはいえ改良された安定版で、ネットワークによるアップデートも順調に適用されている。事故率も故障率も平均以下。

どれだけ安全運航を目指しても、デブリの衝突や予期できないフレアの直撃、長期運航しないと判明しないエラーやミスなどで宇宙船は大なり小なり必ず事故に遭うし故障する。致命的なものでなければ、修復される。事故も故障も原因はさまざまだが、事故率が平均より低ければその宇宙船は幸運だと言える。

ゲートステーション到着後の〈銀河を渡る風〉は、総点検と推進剤、予備資材の補給を受け、コールドスリープして来た人員を受け取り、乗客を乗せ、貨物を積み込み、地球に向けて出発する。

「で、それに乗ってる連絡員は、と」

連絡船の情報なら理解も解釈も咀嚼《そしゃく》も簡単だが、相手が連絡員となるとそうは行かない。ましてや、τ星系人でもない、地球で生まれ、光年単位で離れた宇宙空間をコールドスリープを繰り返しながら渡ってきた旅人ともなればなおさらである。

〈銀河を渡る風〉搭乗の連絡員、メイア・シーンに関する情報ファイルが出てきた。

「うわー、こんなでかいファイルはじめて見た」

呟いてから、歴史上の有名人ならそんなファイルがいくつかあるのを思い出す。だが、社員の記録ファイルでこれだけ大きいものは珍しい。

仮想空間にでえーんと出てきた巨大な本は、付箋と脚柱だらけで、早送りで再生しても斜め読みするのに何ヶ月もかかりそうなボリュームがある。

「せめて略歴と、それから今までの記録くらいはチェックする必要があるわよねえ」

その職業名が示すとおり、記録員の仕事は記録を作ることである。

複数の記録媒体を併用すれば、すべての事象を五感を含む立体記録で残してあとからいくらでも再検証できる現在に、なぜ音声や文字で記録を作る記録員が必要なのか。恒星間を結ぶ連絡船も自動運航なのだから、記録も自動生成されるもので充分ではないのか。

「人間の記録は人間が作らないと、記録した側の記録が残らないからだ」

中学の歴史の授業で、古い太陽系や他の新しい開拓惑星の姿を観せられたときに、教師が教えてくれた。

「記録には、事実と同時にそれを見てどう感じたか、なにを考えたかも残さなければならない。それを読めば、当時の人間だけではなく記録した側についての情報も知ることができる。だから、人間の記録は人間が作らなければならない」

教師の説明はもう少しスマートだったような気がするが、当時のわたしにはことば遊びか揚げ足取りのように聞こえた。白状すれば、今でも理解しているとは言えないと思う。

記録員が作った記録は、この星のものも他の星のものもいくつも観てきた。分厚いファイルを開きながら、記録員その人のことを調べるのははじめてかもしれないと考える。

記録員、メイア・シーンはもちろん太陽系生まれ。

特筆すべきは、彼女が、太陽系ではじめて建設されたスペースコロニーで受精し、出産された最初の宇宙世代のひとりだということ。

今から四〇〇年以上前、地球暦でも三〇〇年も前に彼女が生まれた太陽系初のスペースコロニーがどんな立ち位置のどんな施設だったのかは知らない。スペースコロニーそのものは現在も存続しているらしいが、当初は民間資本による宇宙遊園地であり、彼女はそこに住む従業員の子供として生まれた。

大学では生物学を専攻、地球の鳥について専門的な教育を受けた。

当時の地球では、大学で受けた専門教育とは違うジャンルの業種に進むのが珍しくなかったという。開発惑星と違って人材が有り余っていたのか、教育機関が専門家を養成しても雇用できる専門機関が少なかったのかはわからない。

メイア・シーンは大学卒業後に自然保護団体の広報部門に職を得たがすぐに退職、ジャーナリスト、記者としての活動を開始する。

当時の太陽系では、地球外の宇宙空間にある施設で生まれた宇宙人類は珍しかったため、第一世代の宇宙人類と名乗れば宇宙産業の取材は容易いものだったらしい。

そして、メイア・シーンは銀河ネット公社の前身となった星間ネットワーク技術社に入社した。

記録員には現在でこそ教育のためのカリキュラムがあるが、それが確立していなかった当時、メイアはどんな経緯で記録員になったのだろう。いいかげんにファイルをめくってみる。

彼女が生まれたのは無人探査の時代で、恒星間有人探査は計画中のものでしかなかった。長期にわたる恒星間有人探査には冷凍睡眠技術は必須で、彼女は将来の恒星間有人探査船に乗り込むことも期待して銀河ネットに入社、冷凍睡眠実験に志願したらしい。

最初は数日から開始される冷凍睡眠実験は、最終的に恒星間有人探査に必要な数十年に及ぶものになる。冷凍睡眠に入れば、もとの時代には戻れない。わたしは、それが恒星間連絡船の乗組員の立場に似ていることに気付いた。

恒星間連絡船に乗れば、自分の住んでいた世界には二度と帰れない。有人調査隊や開発隊、植民船に乗り込んだ第一世代はそれを承知の上で生まれ育った星をあとにした。

二度と帰らないことを承知の上での旅立ちはどんなものなのかと思う。だが、ちょっと調べれば、恒星間植民が開始された頃の地球の状況があまりいいものではなかったことがわかる。

人類が文明を育んできた太陽系第三惑星地球の環境悪化は、未来に希望が持てるようなものではなかったらしい。

地球の環境はそこで発生した生物である人類にとって、この上もなく快適なものである。よほどの環境悪化でない限り、生物環境がまったく違う地球型惑星への調査やまして移住など考えないと思うのだが、遠い星の人の考えることはわからない。

「そっか、直接聞けるんだ」

メイア・シーン記録員が第二世代恒星間連絡船〈銀河を渡る風〉で地球を離れたのは、τ星系ディープブルーに最初の植民隊が定住し、τ星系で第二世代が誕生しはじめたころである。

恒星間探査船や恒星間有人宇宙船を発進させていた頃に比べれば、太陽系内の惑星開発も進み、悪化した地球の環境もようやく希望が見えていた時代だと説明されているが、当時の記録を観ても違いはあまりわからない。さまざまな要因で悪化した地球環境に、地球人類が適応したようにも見える。

しかし、恒星間植民として太陽系を旅立つ地球人類も少なくなかったらしい。

第二世代恒星間宇宙船であり、いくつもの恒星系を巡る前提で作られた最初の連絡船であるギャラクシーシリーズには、それ以前の調査船、植民船と同様の巨大な冷凍区画が用意されていた。

太陽系から他星系に何十年もかけて輸送される中で最も価値があるものは、データで送信して現地で再現できる機械ではなく、人類を含む地球産の生物資源である。最初の植民船が植民隊よりも多くの多様な家畜や動植物、昆虫などほぼすべての種類の地球産の生物を運んだように、連絡船も地球から多種多様の生物を運んだ。

核融合機関で翔ぶ第二世代恒星間宇宙船は第一世代同様、運航に人間の手を必要としないように設計された。念のために運航保守要員が乗り込んだが、それも飛翔の大半を占める慣性航行中は眠ったままである。

航行中に、船の自動修復システムは絶え間なく点検を続け、運行要員の手を必要とするような事態はなかった。

現実問題として、冷凍睡眠中の乗員を覚醒させて作業状態まで持っていくのに正規手順で一〇〇時間必要なので、緊急事態には間に合わない。覚醒時間を短縮するための非常手順も設定されてはいるが、急げば急ぐだけ後遺症などの危険性が高まる。

さらに確実な睡眠と覚醒を求められる植民隊や生物資源については、出発前の冷凍と到着後の解凍を時間をかけて行なう。

例外として、恒星間空間観測のためにわざわざ目覚ましをかけて、天文学者が航行中の恒星間宇宙船で起きた記録がある。光速の二割で飛行しても、水素分子すらまばらな恒星間空間は静かで、天文観測には絶好の環境だったという。

なにより、観測環境に太陽をはじめとする天体の自然ノイズ、人工の電波ノイズがいっさいない環境は、天文学者にとって夢のパラダイスだったという。

また、最悪の非常事態に備えたセーフモードの存在も伝説として伝わっている。

乗員を覚醒させても対処できないような致命的な故障が発生したり損傷を受けた場合、船は乗客を目覚めさせずに可能な限り長く冷凍睡眠システムを維持するように努力する。冷凍睡眠システムに必要なエネルギーは慣性航行中に船が使うエネルギーのほんの一部でしかない。しかもシステムの維持に必須な極低温は船外にいくらでもある。

恒星間宇宙船がその航行能力を喪《うしな》いながら生命資源をはじめとする搭載資源だけを無事に

保つような事故の想定は難しい。しかし、専門家は保守運用さえ適切に行なわれるなら、冷凍システムは千年以上稼動し続けられるというシミュレーションを公開している。

現在までに、航行中に行方不明になった恒星間有人宇宙船はない。もし、光速の二割で航行中の恒星間宇宙船が制御を失って減速せずに目的地を通過してしまった場合、現在の技術では追い掛けて救出するのは不可能に近い。

だが未来になれば、救出の可能性がある。少なくともそう期待できる。

くじら座τ星に到着した〈銀河を渡る風〉は、第二期植民団と地球からの生物資源の半分を降ろし、次の目的地、乙女座61番星に向かった。太陽系から乙女座61番星の地球型惑星ヴァージニアへの第一期植民団と、ディープブルー第一期植民団の子供となる二世の中の希望者、研究者と、ヴァージニアでも役に立つことが期待されるディープブルー特産の生物資源を乗せ、二五光年の飛行を行なった。

乙女座61番星系の第四惑星ヴァージニアに到着した地球からの宇宙船として、〈銀河を渡る風〉は六隻目になる。前の五隻は地球帰還を意図しない片道飛行で到着したため、恒星間航路を飛ぶ連絡船としては初の到着となる。

どこでもそうだが、開拓惑星は新しいものほど恵まれた環境を持つと言われる。環境適応のための技術も進歩しているし、星系を開発するロボットシステムも着々と高度化している。また地球に近い環境を持つ系外惑星は、調査の範囲が拡がれば拡がるだけ見つけられる。

遙か遠いヴァージニアで冷凍睡眠区画を含む貨物区画を空《から》にした〈銀河を渡る風〉は、代わりにヴァージニアの生物資源と標本、それからディープブルー行き、地球行きそれぞれの乗客を乗せて、次の目的地である大熊座47番星系に向かった。

大熊座47番星系には、〈銀河を渡る風〉が地球を発進してから出発した調査開発団が到着、地球型惑星の開発をしている。

〈銀河を渡る風〉は、補給よりも調査開発団からの生物資源標本の現物や調査の成果を受け取る目的で大熊座47番星系の第三惑星、ブルーベアに到着した。現地ではやっと軌道エレベーターの第一期工事が終わって地上基地が本格稼働したばかり、体調調整を完全に保証できないということで、記録員はブルーベアには降りていないという。

そして、〈銀河を渡る風〉はディープブルーのカレンダーで二五〇年ぶりに帰ってきた。地球から乗り込んだ乗組員の中で搭乗を続けているのは記録員メイア・シーンただひとりである。

前回の記録が残っている。まだ体験データになる前の、一方向からの視点でしか記録できない動画と、それから写真、昔ながらの文章による記録。

記録員は、今も文章で記録を残す。その中に入り込める立体写真や体験データがあれば、言語による記録なんかいらないんじゃないかと思うが、昔の人も、今の上司もそうは思っていない。

「文章記録はいいわよ」

ジャスミン先輩はいつも言っている。

「なにより、データが小さい。一時間分の立体データの容量があれば、過去二世紀にこの星で発行された新聞全部を写真と一緒に保存できる」

「データの大きさなんて気にするんですか？　ネットワークでどんなデータにだってアクセスできるし、カードくらいの大きさがあれば一生分の体験データだって取っておけるじゃないですか」

「ここで、ならね」

上司は意味ありげな笑みを浮かべた。

「でも、天の川銀河の隅々にまでネットワークが通じてるわけじゃないし、データはビューワーと電気がないと再生できない。容量の小さな文章記録なら、何百光年離れた場所に送っても、送信も受信も一瞬で済む。データ量が小さいから、壊れたり失われたりしても復元も簡単、物体にプリントアウトしておけばビューワーも電気もなしに読める。なにより、文章データは壊れにくい」

「それが、記録員に現地報告を書かせる理由ですか？」

「それも、理由の一つよ」

先輩は頷いた。

「そもそも記録は、今、ここにいない人たちがあとから閲覧するために残されるの。記録に残されるのはそこであった事象だけじゃない。どこから来た誰が書いたか、も重要な記録になるの。全方位動画や体験データみたいな巨大で複雑なデータが未来永劫残るようなネットワークが維持できれば問題ないけど、ネットワークが大きくなればなるほど巨大データは維持が難しくなるし、電子データは改良され続けるから規格の統一が難しい。恒星間を渡って届くデータは発射した瞬間に規格の老化がはじまって、届く頃には十数年から数十年も昔の規格になってる。それに比べれば、昔ながらの文章による記録データは小さくて軽くて、規格の変換も楽だし翻訳も簡単。なにより、記録員本人が書いた記録が残る。記録員が残した記録は、記録員本人より長生きするのよ」

わたしは、メイア・シーンが最初のディーププブルー訪問で作成した記録を呼び出した。

「うわー、体験データになる前の昔の動画！」

フォーマットを確認してみたら、二五〇年前のディーププブルー訪問記録に添付されているデータは、一方向からしか観られない簡易立体画像だった。解像度は充分に高いが、再生すれば中に入り込んでどこからでも観たり触ったりできる体験データとは違う。

記録の文章は読み上げにしようかと思って、わたしは先に添付映像の再生を開始した。自動読み上げは、設定によって印象が変わってくる。先入観なしに記録を摂取するなら、昔ながらの自分の目で読み取る形式がいちばん安全である。

『わたしは銀河連絡記録公社の記録員、メイア・シーンです』

クラシックモードの平面ディスプレイに、旧式だけど新品の船内作業服を着た女性記録員が映し出された。長い金髪を後ろで束ねた素っ気ないヘアスタイルに化粧っ気もないのは、本人の性格かそれとも当時の冷凍睡眠から覚醒して間もないころの撮影だからか。

『生年月日、経歴その他のデータに関しては添付のものを参照のこと。銀河連絡記録公社の連絡船〈銀河を渡る風〉は、最終減速を終えて太陽系から一一・九光年離れたτ星系第五惑星、ディープブルーに接近しつつあります』

画面が切り換わって、ディープブルーが遠く小さく映し出された。τ星に八割方照らし出されているその星がクローズアップされるにつれて、今より規模の小さい第一ステーションがきらりと光る。

「ちっちゃ」

軌道エレベーターの終着駅として最低限の体裁《ていさい》しか整っていない大昔の第一ゲートステーションに、わたしは思わず呟いた。初の無重量体験で散々な思いをした中学校の修学旅行の時、建設初期から現代までどんどん巨大化していく立体模型を見た覚えがある。

『人類最初の開拓惑星、かつてブルースターと呼ばれた星は、開拓惑星のほとんどが青いこと、深い海洋に恵まれたことなどからディープブルーと名前を変えました。無人探査機により移住先として有望と判断できる充分なデータが届いたブルースターには、人類初の恒星間調査隊が送り込まれ、開発が開始されました』

ディープブルーをブルースターと呼んでいることからこれがかなり古い記録であること、それから、地球人目線で撮影された動画であることに気付く。

太陽系をはじめて出た記録員にとって、ディープブルーがはじめて見る開発惑星であること、かつてブルースターと呼ばれていたこの星の名前が変わったのはおそらく記録員が眠っている恒星間飛行中だったこと、そして記録員にとってディープブルーの開拓民は記録すべき対象であることなどを考えてみる。

「なるほどねー、自動生成の記録よりも個人の言葉を使う方が情報が増えるのか」

増えるのは記録対象ではなく、記録する側の情報だが、それも重要な記録の一部だからそれでいいのだろう。

動画記録なら、とりあえず流しておけば観たと報告できる。

じっくり付き合う覚悟を決めて、わたしは、ファイルの中から一番古いメイア・シーンの記録を拡げてみた。

古典地球語の文章を、使い慣れている現代国語に変換するかどうか聞かれる。まずは古典語のまま読んでみようと思って変換をキャンセルする。

記録が書かれたのは三〇〇年以上前だが、記録員にとってはそれは自分が数年前に書いた記録である。これから記録員本人と会うのだから、その言葉遣いに慣れておいて損はない。

記録の文字列が、ディスプレイに映し出された。

言語は常に変容していくものだが、近代、現代になるほどその変化は少ないらしい。言語の寿命は、それを使う世界の大きさと使うものの寿命によって決定されるそうである。世界が大きく、寿命が長くなれば、言語も広く、長く使われるようになる。昔の記録に触れる機会が多ければ古語にも慣れるし、言語の変容も小さくなる。

「曾《ひい》おばあちゃんが子供の頃、くらいの時代かな」

書かれた年代を確認して、わたしは記録を読み始めた。

第三章　最初の宇宙世代

メイア・シーンによる自身の身上書

私の名は、メイア・シーン。仕事は、ジャーナリスト、レポーター、ノンフィクション作家。専門分野は技術系、とくに宇宙。

子供の頃からジャーナリスト志望だったわけではない。ジャーナリストが向いているかも知れない、と気付いたのは、鳥類の飛行をテーマに選んだ大学の講義のレポートを担当教授に誉められたときである。

私は宇宙で生まれて育った。

今の太陽系では、地球上で生まれて育つ人類が大多数である。地球圏外で生まれた子供は、まだリストで数えられるほどしかいない。「宇宙空間で生まれた子供」という私の立ち位置が取材のために役に立つのは意外だったが、使えるものを使うのにためらいはなかった。

私は宇宙で生まれた。

私が生まれたのは宇宙のどこで、それはどうやって作られたのか、そこから話を始めよう。

私は宇宙で生まれたが、最初に宇宙で生まれた子供ではない。

公式記録にある宇宙での最初の出産は、妊婦を軌道に送ることにより無重量状態での出産に問題がないかどうか確認する、そのために行なわれた実験で生まれたようなものだった。

動物実験で、無重量状態での妊娠着床には問題がないことが確認された。

理屈の上では、水中哺乳類は無重量状態で胎児を成長させる。だから、母親が無重量状態で胎児を育てることそれ自体には問題はない。

しかし、無重量状態をはじめとする宇宙空間の状況は人体に悪影響を及ぼす。地球上では常に一Gの重力、九・八メートル毎秒毎秒の重力加速度に曝《さら》される人体はその負担を失ったとたんに劣化を開始する。

力を使う必要のない筋力はどんどん衰え、体重を支える必要がなくなった骨はどんどん細く、もろくなっていく。また、地上なら地球磁気圏によって阻止される太陽放射線、大気圏やオゾン層により防御される紫外線も厳重に防御しなければならない。

無重量状態は負担が大きすぎる。母子共に健康な出産は望めない。

そのため、受胎、出産、育児を継続的に行なうには、重力下か、遠心力による疑似重力下でなければ難しいとされた。

宇宙ビジネスが行なわれるようになって、無重量状態から高重力までの重力環境が擬似的に再現できるようになった。無重量状態における生物実験は、数々の知見をもたらした。

曰く、受胎から臨月までは三分の一の重力があれば、魚類や爬虫類から哺乳類に至るまで発生から成長までの段階を問題なく過ごせること。

曰く、低重力下では鳥類は地上よりも卵をひっくり返す回数を増やさないと、雛がうまく成長しないこと。

低重力でも、無重量状態ほどではないにせよ筋力低下や骨強度の低下は起きること。しかし、火星表面程度の重力があれば、体力維持のための運動は無重量状態ほどきつくなくても大丈夫であること。

冬眠する動物の研究が進み、ほとんど寝たきりで過ごすリスや熊が筋力低下も骨強度低下も起こさない理由が冬眠時にのみ分泌されるホルモンにあると判明し、無重量状態での体力低下を抑えることが薬の服用で可能になったこと。

冬眠中に子供を産む動物もいることから、体力低下防止ホルモンは胎児の成長には悪影響を与えないことが予想されていたが、冬眠しない哺乳動物でも問題が起きないのかどうか、地上でも宇宙空間でも実験が繰り返された。

成長期にある温血動物は、成長期を終えた個体よりも無重量状態による体力低下の影響が低い。成長ホルモンが無重量による低負担状態よりも強い影響を与えるためだろうと推測されたが、では、成長期を低重力あるいは無重量環境で過ごした温血動物にどんな影響が出るのか、出ないのかについては長い期間の実験が必要になる。

長い調査と、一部には非合法または脱法的な人体、複製体を含む実験、シミュレーションの結果得られた結論は、「着床から出産、成長までの段階で、人は重力化にあることが望ましい」という当たり前と言えば当たり前なものだった。

胎内での正常な成長のために重力は必ずしも必要ではないが、刺激は必要である。そして、受精卵や胎児に対する刺激として適当なのは、重力化にある母体の日常生活としての運動である。

誕生後に赤ん坊が正常な成長をするためには、重力という穏やかな負荷が必要である。重力なしでは、筋力も骨も正常には成長せず、また這いずり、立ち上がり、二足歩行するという運動能力の発達もない。

現時点での最新の研究では、無重量環境での繁殖、成長は現実的に不可能と結論された。

次に提起されたのは、疑似重力下なら正常な着床、成長が可能なのか、重力下でなければ駄目なのか、もっと具体的には地球外でも環境さえ整えれば人類は存続可能なのか、それとも地球上でなければ存続不可能なのか、という問題だった。

月面での着床、出産は実例があったが、地球の六分の一という低重力下で成長させるのは非人道的な人体実験に当たるとして、出産後に母子はともに地球に帰還している。ムーン・チャイルドと呼ばれた最初の月面生まれの子供は、月面への領有権を主張するための国家的パフォーマンスだといわれた。

火星の重力は地球の三分の一であり、着床から出産までの成長には問題がないと判断されている。しかし、出産後も火星で過ごした子供は地球重力には適応できないどころか、火星から打ち上げられる地球よりもずいぶん加速が緩いロケットのGにも耐えられない可能性があり、一生火星から出られない可能性も指摘されている。

金星は、地表での重力加速度が八・八七メートル毎秒毎秒、重力は〇・九Gと地球よりわずかに弱い程度なので、着床から誕生、成長というプロセスは地球と変わりなく行なえるものと思われている。ただ、地表で数百度という高温、九〇気圧に達する地球の深海並みの高大気圧、地球型生命の存在を許さないほど高濃度の二酸化炭素などの問題があり、飛行船による有人探査は行なわれたが恒久的有人観測基地は計画上にしか存在しない。

現在のところ、人類の生活圏と言えるのは地球、月を含むラグランジュ圏内と火星に限られている。小惑星帯には無数の鉱石探査機が飛び、有望な小惑星の採掘加工作業は行われているが、そのほとんどがコスト上の問題から無人である。

人類は宇宙で子を産み、育てることができるのか。

その問題の解決のためには、遠心力を疑似重力として使えるほど大きくて頑丈な宇宙ステーションの建設が必要とされた。

Dスターの建設構想が発表されたのは、そんな時期だった。

それは、軌道上に建設された人工物の中で長らく最大の地位を占めていた。

Dスター。世界各地に建設された巨大リゾートチェーンの頂点に位置する星の王国は、ラグランジュ・ポイント、L《ラグランジュ》1に建設された。

ラグランジュ・ポイントは、二つの天体が作る軌道系の中の重力安定点である。地球、月の系にもラグランジュ1からL5と呼ばれる五つの安定点が存在する。

L1は、その中で地球から最も近い、地球－月の重力均衡点である。地球の重力は大きく、月の重力はその六分の一しかないから、その場所は地球からだいたい三〇万キロ、月からは六万キロと、地球－月間の距離の六分の五の場所に位置する。

月の軌道は正円ではなくわずかに歪《ゆが》んだ楕円である。地球との距離は最短で三六万キロ以下、最長で四〇万キロ以上に変化する。だから、月と地球の重力均衡点であるL1の位置も、地球と月の位置関係により日々変化する。

月のすぐ近くのラグランジュ・ポイントが人工の新天地の建設場所に選ばれた理由は、そこがいちばん地球に近いからと言われている。しかし、実際のところ重力均衡点であるラグランジュ・ポイントに到達するのに必要なエネルギーはどれでもそれほど変わらない。だから、L1が選ばれた最大の理由は、そこがいちばん地球と月がよく見えるから、である。

軌道上の新天地にして星の王国、宇宙の遊園地であるDスターの開発構想は、実に人類の宇宙飛行実現以前にまで遡《さかのぼ》る。

地上最高の遊園地、夢の王国の実現を目指した娯楽産業は、その建設前から宇宙開発の大立者、ウェルナー・フォン・ブラウンとウィリー・レイの協力を得て、宇宙探険の啓蒙映画を作っていた。宇宙開発映画は、二〇世紀最大の偉業であるアポロ計画、有人月面探査計画の開始以前から作られていた。

火星に開拓都市ができれば、その一画に火星遊園地が作られるというのは、地球最大の娯楽産業の総帥その人お気に入りの冗談だったという。

有数のリゾート地に建設された巨大遊園地にはいくつものコンセプトに基づいたテーマがあり、未来都市、宇宙都市もそのひとつだった。地上にいながら宇宙空間を目指し、未来の生活のイメージを提供しつつその開発研究も行なっていた未来都市センターは、今でも人気がある。

軌道上遊園地ともいえるDスターの計画が本格化したのは、二一世紀に入り、宇宙観光業が軌道に乗り始めたころだった。

初期の宇宙観光業は、短時間の弾道飛行で宇宙の底にタッチして帰ってくる程度の短いアトラクションだった。

軌道上滞在が南極観光くらいの費用で行えるようになり、地球低軌道上に常設の観光客向け宇宙ステーションが稼動するようになった時代に、Dリゾートはラグランジュ点上、月と同じくらい離れた「真の宇宙空間」に巨大な構造物を建造する計画をぶち上げた。

巨大なリング状の構造物を回転させることにより遠心力で疑似重力を発生させ、宇宙空間滞在時の問題である無重力による筋力低下を防止する。それはまさに二〇世紀の科学者ジェラルド・オニールが提案したスペースコロニーであり、訓練されない一般観光客が長期宇宙滞在する最初のケースになると思われた。

その建設費用は、今まで地球上に建設されたDリゾートのすべての遊園地を合わせたより高価《たか》いと予想された。しかし、Dリゾートの広報担当はその総額について「土地を買わずに済んだので安く上がった」とコメントし、建設費用についてはいまだに公表されていない。

オニールの構想を下敷きに、のちにスタンフォード大学で構想されたスタンフォード・トーラスと呼ばれるモデルを現実的に改良して設計されたのは、直径六キロ、高さ三キロを超える巨大なドーナツだった。

当初の構想では、島三号と呼ばれるもっとも巨大なシリンダー型のコロニーが作られる予定だった。内側は六分割されてその半分を透明素材で作り、鏡で太陽光を取り入れる。しかし、建設予定地は地球を囲み太陽放射線から地球を守る磁気圏、ヴァン・アレン帯の外側である。密閉されているとはいえ「窓」を開けっ放しにするのは現実的ではない。

最終的に、一気圧の空気で満たされたドーナツの内側はすべてが土地として有効に使われることになった。

宇宙開発が開始された当初、軌道上建造物は、必要機材をすべて地上から射ち上げるしかなかった。

月面基地ができて、採掘施設が実動開始し、地球近傍小惑星からの資源確保が行なわれるようになって、軌道上人工物の建築コストは劇的に低下した。

地上から射ち上げる場合、資材でも食料でも輸送コストが大半を占める。月面の資材を軌道上に持ってくる場合は重力は地球の六分の一、空気抵抗もないので、輸送コストは低下する。

有望な鉱山小惑星からの資材を地球近傍軌道に持ってくる場合は、輸送コストは低くなるが時間がかかる。長い移動時間のあいだに小惑星の資源をすぐに使える資材に加工する無人工場は、宇宙工業の主力になっている。

建設にかかる時間と、将来的には低下が期待できる建設コストのために、ほとんどの軌道上建造物は柔軟な拡張性を持って設計、建造された。

稼動開始からこれだけ巨大な軌道上建造物は人類初だが、Ｄスターも例外ではない。

回転するドーナツの内壁には、遊園地施設だけでなく、街、公園、森を含む地球の自然も再現された。

長らく部外秘だったＤスター内部のイメージスケッチが公開された時、地球に於けるその評価は落胆とも言えるものだった。

最新技術と予算を惜しみなく投入された人類初のスペースコロニーに再現されたのは、二〇世紀初頭の欧米をイメージしたと思《おぼ》しき古い港町と田園、田舎街だった。

そこに到達するまでに、観光客はさんざん宇宙的、近未来的な風景を通ってくるのだから、さらなる未来宇宙都市を見せる必要はない、というのがその説明だった。また、月面に建設された競合他社のUスタジオ・ムーンが先鋭的かつある意味クラシカルな宇宙基地イメージを強調していたため、競合を避けたとの見方もある。

与圧空間は、どれほど巨大になれば循環で維持される自然環境になるか。どれほどの資源とエネルギーを供給し続ければ望む環境を維持し続けられるのか。

当初、Dスターがその最初の大規模実験場であると看過したものはほとんどいなかった。軌道上に建設される巨大与圧空間と、その規模ばかりが注目され、内部についての興味は二の次だったという。

しかし、計画でも実際でも、Dスターは外殻が完成してからの内部の建設と造成と植林と調整にはるかに多くの時間を掛けた。

大学時代、担当教授の紹介で、Dスターの自然植生を作ったデザイナーに話を聞きに行ったことがある。

アリゾナ統合環境研究所は、海面上昇の影響を受けにくい北米大陸内陸部にあった。

古い旅客機を使う格安航空で白茶けた砂漠の上を延々と飛んで空港に降りる。こんな環境で生命が生存できるのかと思うような乾いた白い岩石砂漠の一本道を、研究所差し回しの四輪駆動車で飛ばすこと二時間。巨大な温室のような建築物が、岩だらけの山の向こうに見えてきた。

閉鎖環境実験の歴史は、二〇世紀にまで遡《さかのぼ》る。人類が酸素ボンベを使わなければ生き延びられない環境に行くようになったのは、第一次大戦時の爆撃用飛行船からだそうである。第二次大戦後に超高空を飛ぶ飛行機が与圧され、高度一万メートルを飛ぶ飛行機の乗客が酸素マスクも着けない平服で過ごせるようになったころに、宇宙開発が開始された。

将来的に、人類の生活圏が宇宙空間まで拡がることは暗黙の了解だった。真空の宇宙空間で生きるために必要なのは、地上と同じ一気圧に与圧された空間と酸素だけではない。人間は、酸素を吸って二酸化炭素を吐く。呼吸で失われた酸素を供給するだけではなく、閉鎖環境で濃度が上がると人体に有害な二酸化炭素を適切に除去する必要がある。

生存に必要なのは空気だけではない。滞在が長期に及ぶならば、水分や食料の摂取も必要になるし、排泄物も処理しなければならない。その代わり、エネルギー供給は充分に行なわれる。

設備が整った宇宙船で、潤沢に供給できるのはエネルギーだけだから。

理想的には、生存環境を完全に閉鎖して、内部だけで人類を含む生物の生存が完結するのが望ましい。そのための実験は地球上でも可能である。

完全気密に密閉した環境を用意し、水、空気の量を厳密に監視し、管理する。また、水耕栽培などの設備も同様の監視下で運用する。

閉鎖環境全体が大きくなればなるほど、余裕も増える。

長期の宇宙滞在、具体的には航行途中での補給が期待できない地球‐火星往復に必要な三年間を目標として、閉鎖環境実験はさまざまな国で行なわれた。

有人月探査計画の次に行なわれたスカイラブ計画、サリュート、ミール、国《I》際宇宙ステー《S》ション《S》などの初期宇宙ステーション計画で軌道上実験のデータも溜まり、地上での閉鎖環境実験の精度も上がった。

軌道上で生鮮食料品の生産も行なわれるようになった。初期は宇宙農業だけで、畜産は培養肉に限られていたが、地球近傍軌道を周回する彗星を水資源として利用できるようになってから、水産業も加わった。

長期にわたる宇宙での生活で健康を維持するためには、生鮮食料品が必要である。また、たとえ物言わぬ植物であっても生物の世話をすることは閉鎖環境に生活する人の精神を安定させる。

そうした長年にわたる実験と実績が示したのは、閉鎖環境を成立させるためには莫大な量の資源が必要になる、ということだった。

宇宙空間では、太陽光をはじめとするエネルギーはいくらでも得られる。太陽から離れれば太陽電池の発電効率は落ちるが、代わりのエネルギーは核をはじめとして潤沢に用意されているし、非常時には遠距離からのレーザー光による供給も受けられる。

では、閉鎖環境を維持し続けるためにはどれくらいのエネルギーが必要で、どんな設備や運用が必要なのか。

それらを総合的に体系立てて研究している施設、組織はDスターの計画開始当初には存在しなかったそうである。軌道を含む世界中から専門家が集められ、豊富な資金と設備と、限られた時間で研究を開始した。

今アリゾナにある統合環境研究所は、その時にDリゾートのスポンサーで作られた組織がもとになっているという。現在は他の宇宙産業や国家、軍の予算も入り、計画に参加しているが、最初はDリゾートの単独スポンサーで、計画が公開されるまでは秘密組織のような扱いだったらしい。

Dスターの自然の基本デザインを行なったメインスタッフで、今も宇宙空間で地球環境を維持するための研究を続けているというヒスパニック系の技術者、アレキサンダー・パビリオが出迎えてくれた。

日当たりのよい、天井までガラスに覆われた温室のような彼のオフィスは、外の熱気がうそのように空調されていた。

彼は、自らの職業を設計者、デザイナーだと言った。デザイナーよりは研究者のように見える白衣姿で、私を窓際のサイドボードに案内した。

「こういうものを見たことはありますか？」

パビリオ氏は、日当たりのよいオフィスの窓際の布を取った。

布の下にあったのは、直径三〇センチくらいの球形の水槽だった。中には海草が二本と、小さなエビが数匹、突然差し込んだ陽光に驚いたように急いで泳いでいる。

「エコスフィア、ですか？」

私は注意深く丸いボールを覗き込んだ。

「さすが、よく勉強していらっしゃる」

パビリオ氏は頷いた。

「もう半世紀以上昔に、パサディナのジェット推進研究所で、将来の宇宙空間での生態環境維持のモデルとして開発されたものです。数リットルの海水と、数匹のエビ、海草が封入されています。海草は陽光で酸素を発生させ、エビは海草と藻を食べ、排泄物は海草の肥料となる。エビの寿命がありますから永遠に保《も》つわけではありませんが、この閉じられた水槽の中で、生態系は太陽エネルギーの補給だけで維持される」

「……立体ディスプレイですね」

あちこち角度を変えて水槽を見ていた私は余計なことに気付いた。

パピリオ氏はふたたび頷いた。

「そうです。実際にエコスフィアを作ったら、エビは寿命が尽きるまで出られませんのでね。説明するだけなら、ディスプレイで充分なので」

「なるほど」

球状の表示体を持つ高精細立体ディスプレイは、よほど目を近付けないと画素を判別できない。

「閉じた、バランスの取れた生態系を宇宙に構築する。それがつまり、我々の仕事なわけです」

パピリオ氏は球形の立体ディスプレイに触れた。エコスフィアを映し出していたディスプレイが、宇宙空間に浮かぶ巨大なドーナツ状の構造物を映し出した。プロモーション用画像そのままの、遠く離れた青い地球を背景に浮かぶDスターである。

「数十立方キロに及ぶ空間の中に、どれほどの陸地と海洋を作れば持続可能な循環系が維持できるのか。人類が利用するための空間として、数十立方キロの空気と数立方キロの土と水をどのように配置し、どのようにエネルギーを照射すれば人類が居住可能な地球環境が維持できるのか。そのためには、地球上の自然環境をどこまで宇宙空間に持ち出せばいいのか。遠心力による疑似重力の中で、巨大構造物内の大気や土壌はどれくらい地球に近付ける必要があるのか。考え得る全てを研究、検証して、シミュレーションして、この環境維持が成立するのかしないのか、成立しないとすれば、例えば外部からのエネルギー注入や空気、水の補給をどれくらい続ければ維持可能なのか。閉鎖環境学は、そういう学問です」

「お世話になりました」

私はパビリオ氏に一礼した。

「私は、そこで生まれて育ちました。おかげで、この歳まで健康に成長できました」

「それは、なによりだ」

パビリオ氏は、柔和な笑顔を浮かべた。

「で、どうでした？ 僕が作ったスペースコロニーは？」

「話を聞きに来たのはこちらですよ」

笑いながら、私は自分の子供時代を思い出した。

欧州の港街をイメージして作られたDスターは、日中だけ訪問する地上の遊園地とは違う、滞在型のリゾートだった。

そこに到る旅程が客にとっては非日常である。地球からDスターを訪れる客は、地上から低軌道ステーションに打ち上げられ、そこから軌道宇宙船で地球高軌道、静止軌道やさらにその上の月、ラグランジュ点を目指す。

低軌道から見下ろす地球は、全てが視界に収まらないほど大きい。

直径一万三千キロの地球に対して、宇宙空間とはいえ地球低軌道は高度数百キロ、地上千キロからはじまるヴァン・アレン帯の内側に留まる。全長一〇メートルを超える大きなバスから一メートルも離れずに見廻しても、その全体像を見ることはできない。

しかし、高軌道に向かう宇宙船は、地球からどんどん離れていく。

静止軌道は地表高度三万六千キロ。一目で見渡すことも叶わなかった、あれほど大きかった地球が、視界の二割ほどしか占めなくなり、地表や海洋、そこに浮かぶ雲海ではなく青い《ブルー》大理石《マーブル》の全体像を見ることになる。

旅行客は、Dスターへの到着まで三日以上を無重量状態で過ごす。そしてDスターでは、古い地球にあったはずのどこにもない古い街に到着する。

「設計者も開発者も生きている世界を作ろうとしたように、会社もDスターの街を生きているものにしようとしたんです」

私は、説明をはじめた。

「スペースコロニーの滞在型リゾートは、同時に住人の生活の場でもありました。まずそこで人が生存できるだけではなく、安定、持続的に生活できることを証明する必要がありましたから」

「よく知っています」

パビリオ氏は頷いた。

「Dスターの大気と水と土は僕がデザインしたんですから。どうですか？　Dスターは、あなたの故郷になりましたか?」

「私は、故郷という概念をうまく理解できていません」

私は、いつもの答えを返した。

「故郷が、生まれ育った家を指すなら、Dスターで両親と住んでいた屋根裏のある三階建てのアパートメントは間違いなく私の家でした。新築だというのに古ぼけた外観なのが、私は気に入りませんでしたが」

「Dスターのコンセプトは、ノスタルジーでしたからねえ」

パビリオ氏は笑った。

「外観はクラシカルでも、中身は最新式だったはずですが」

「宇宙向けに省エネルギー省資源を極めたような最新式ですよ。それに、子供は自分の周りにあるものしか知りませんし、それが当たり前だと思って育ちますから」

覚えているいちばん古い風景は、子供のころの家の中。

白を基調に作られたアパートの一室。母か父が連れて行ってくれた小さな林とささやかな遊具がある家の近くの公園。さまざまに色を変え、時にはニュース画像や広告も映し出される空。

スペースコロニーはほとんど昼、二四時間に一回だけ短期間の夜が訪れる。それは主に集客効果と稼働率向上のために定められたものだが、住人は地球と同じ二四時間周期で暮らすことを求められた。大人も子供も、例外はない。

閉鎖型コロニーのシリンダー中央には太陽灯があり、地上に日照を与える。どこまで行っても丸い地表の底なのが私の育った街であり、公園であり、湖であり、人工的に作られた流れのある河だった。

「ただ……」

ふと、私は子供の頃に気付いたことを思い出した。

「両親がここに来るまで、ここには何もなかった、と気付いたときにはちょっと驚きました」

「というと？」

「例えば、これが地球上ならば、父母が住む街には歴史があります。地球上には計画都市のようにそれまでただの砂漠だったり森だったりしたところを突然切り拓いて街ができることもあったでしょうが、そんな場所でも街ができる以前は荒れ地だったり森だったり、それ以前から土地があってそこになにものかがあった。でもDスターは、建造される以前は何もなかった。ラグランジュが計算するまでは、地球と月と太陽の重力均衡点ということも知られていない、何もない宇宙空間だった」

Dスターで日常生活を営んでいても、その気になれば宇宙空間を見ずに過ごすことは難しくはない。夜空、星空は、人工の空に一日に短時間映し出されるだけだから、子供のうちは目にする機会も少ない。

だが、地下、建物や樹木が立つ、それほど深くない土の地面の下には環境維持のための配管や電線、各種設備が張り巡らされている。そのさらに下には、じかに宇宙空間を見ることができる展望室が一定間隔ごとに備えられている。

展望室は、Dスターのどこにいてもすぐに宇宙空間を目にすることができる、観光客向けの設備だった。非常時には緊急脱出用の救命カプセルの乗り込み口にもなる。

立ち入りが制限されているわけでもなかった展望室は、Dスターの住人と子供たちには地下室と呼ばれていた。

降りて行くと、頑丈な構造材に囲まれた透明な床の下に、漆黒の宇宙空間が拡がっている。有害な紫外線や放射線をカットする分厚い積層ガラスは太陽光の直射も抑えるから、地下室に行っても宇宙の星空がそのまま見えるわけではない。

そして、Dスターは遠心力を疑似重力として使うために、二分に一回転のゆっくりした回転をしている。月と地球の間に浮かぶDスターの地下展望室の床の下には、二分に一回、青い地球と白い月がだいたい同じ大きさで現れる。

展望室の床は、一面だけが特殊ガラスで電気的に透過率を変更できる。太陽の直射を受けるときには自動的にガラスに色が付いて遮光されるが、操作次第で本物の宇宙空間の色を見ることができる。

はじめてそれを見せてくれたのは、保育園の先生だった。

保育園の散歩で、ちょっと秘密の冒険といいながら園児たちを地下室に連れていった先生は、まず、明かりを消した。それから、床のガラスの透過率を最小に下げて、月や地球の光も隠す。

暗くなった地下室の中で、先生は園児たちが不安にならないように話をしてくれた。今までに見たことがない外の世界が見られるよ、と。

先生が、地下室のコントロール・パネルに張り付きっぱなしだったのは、あれは今なら地下室の位置を正確に計っていたのだとわかる。暗くなってからしばらく待たされたのも、子供たちの目が闇に慣れるのを待っていたのだろう。

そして、先生は窓を開けた。

正確には子供たちが立っている床の透過率を安全限界ぎりぎりまで下げたのだが、その瞬間、足元に現れたのが、私がほんとうの宇宙空間を見た最初だったと思う。

足の下に突然出現した黒の濃さに、騒ぎたい盛りの保育園児全員が押し黙った。

その向こうに何もないことを、全員が直感的に理解したのだと思う。そのはるか遠くに小さな光の点がいくつも見えた。

Dスターが自転しているから、遠い、小さな星もゆっくり動いていく。すぐに星が川のように集まっている光の雲が見えた。

「あれが、天の川よ」

先生がほんとうにそう言ったのかどうか、子供の頃の記憶だから自信はない。

「あれが、銀河の中心」

Dスターに生まれた子供たちは、地球に生まれた子供よりも宇宙に関する教育を多く受けている。だが、保育園に通っていた当時に自分が銀河という言葉を星や宇宙と分けて知っていたか、理解していたかも覚えていない。

それでも暗い地下室の床の底に拡がっていた宇宙空間は、子供の頃の風景のひとつとして記憶に深く灼き付いている。あれ以来、宇宙空間というとあのなにもない空間を思い出すようになった。

先生は、暗がりに慣れた子供たちの目が眩《くら》まないように、床に月、地球、そして太陽が入ってくる度に透過率を落として、Dスターが何周かするあいだ、宇宙を見せてくれた。そのうちに夜目に慣れた子供が地下室を走り出して、秘密の冒険は終わりになった。

「あの時に、私は自分が住んでいる家も、街も、Dスターも宇宙空間に浮いて動き続けているということを実感したんだと思います。動かない大地の上じゃなくて、高速で飛行する軌道上建造物の中で暮らしているって。その時はそこまでは考えませんでしたけど」

「それは、実に興味深い感覚ですね」

オフィス内を見廻したパビリオ氏は、窓の外に目をやった。強い陽光に照らされたコントラストが鮮やかな岩石砂漠が拡がっている。

「この研究所が建設される前もここには砂漠があり、これがなくなっても山や岩はそのままあり続ける。それらはすべて二三時間五六分で一回自転する直径一万三千キロの地球の上にあり、地球は秒速三〇キロで太陽の周りを公転しています」

「でも、この場所は地球の寿命の最初からここにあり、最後までここにある。造山運動の結果、海の底になったり山の頂上になったりするかも知れませんが、Dスターのように十数年前まで存在しなかったり、数十年先にどうなっているかわからないほど不安定な存在ではありません」

私は、公園にあった岩のモニュメントを思い出した。それは、Dスターの建設以前にラグランジュ・ポイントで地球と月の重力平衡点に捉えられていた小惑星であり、Dスターの基礎になったと銘文に書かれていた。

「礎石、というんですか？　正確に言えば、建設前に現地の軌道を調査して発見されたという小さな小惑星が街の広場に飾られていました。でも、一〇〇万年前からそこにあった岩が私たちの故郷だ、なんて言われてもそうは思えません」

「Dスターは、あなたにとって不安定な存在でしたか？」

パピリオ氏の質問を、私はよく吟味してから答えた。

「いいえ。すぐ外が宇宙空間だ、ということを思い出さない限りは、私の家は生まれ育った家だったし、公園で遊んでいるときも食堂で食事をしているときも、Dスターに住んでいるからと言って不安になることはありませんでした」

私は、パビリオ氏に最大限の敬意を込めて一礼した。

「あなたは私の故郷を作ってくれたんです」

「僕が作ったのは、公園や森の植生だけですよ」

パビリオ氏は笑いながら首を振った。

「それはつまり、Dスターの緑はあなたが作った、ということじゃないですか」

私は重ねて言った。

「住んでいた家も、遊んでいた公園も、遠足に行った森林公園も、そこにあった緑も、間違いなく故郷の一部です。私は、故郷の森がどうやって作られたのか、そのあと森がどう変化していくのか教えを乞うためにここまで来ました」

「地の果てへはるばるようこそ」

パビリオ氏は両手を拡げて私を歓迎してくれた。

「わかりました。では、まず……」

パビリオ氏は、研究室を見廻して、棚の前に立った。人の頭ほどもある大きな黒い石を取り出して持ってくる。

「これがなんだかわかりますか？」

デザイナーは、その石をデスクの上に置いた。重そうな石だが、脆《もろ》そうにも見える。

「これは、数億年前の木の化石です。もとが木ですから、石になっても燃えます」

「石炭ですか⁉」

図鑑でしか見たことがなかった燃料の一種と、目の前の大きな黒い石が一致するのにしばらく時間がかかった。

「そうです」

パピリオ氏は満足げに頷いた。

「かつて、産業革命のための燃料となり、石油に取って代わられた、数億年前の植物の化石、石炭です。どうぞ、触ってみてください」

促されるままに、私はデスクに置かれた石に指先を触れてみた。冷房の温度そのままに冷たく、固い。

「なぜ、数億年前の植物が、化石となって燃料として利用されるほど大量に地中に残ったのか、知っていますか？」

私は考えてみた。化石になる前の植物が地上に繁茂していた古代の地球。現在なら、地球上の植物は他の動植物の食料となる。だが、植物が発生したばかりの地球では、食べるものがいない？

「草食動物がいなかったから、ですか？」

「違います。だが、完全な不正解でもない。その考え方は間違っていませんよ」

パビリオ氏は、石炭の横にどこからか取り出した丸太を置いた。

「植物が発生した当時、その成分のひとつであるリグニンを分解できる菌類がいなかったからです。二億九千万年前の石炭紀の終わりに、樹木中のリグニンを分解できる白色腐朽菌が生まれるまで、木材は不滅の物質だったのですよ。腐らず、朽ちることもなかったから、そのまま地中に埋没しても化石となって現在まで残ったのです」

「これが……」

私は、デスクの上の石炭を見つめた。数億年前、それが樹木だったころの姿を想像しようとするが、うまくいかない。

「もし、あなたが地上で生まれ育ったのなら、どんなにありふれた街や場所でも蓄積があります」

パビリオ氏は、ゆっくりと講義を始めてくれた。

「数年前まで存在しなかった計画都市やアミューズメントパークでも、市民や観光客の足の下には地球の年齢と同じだけの歴史を重ねてきた地面があります。長い年月の間には海底だったり極地だったりしたこともあるだろう地面は、地球の中心まで六五〇〇キロも続く。しかし、そう、あなたが感じたとおり、スペースコロニーの地面は数キロどころか数十メートルの厚みもない。そんな薄っぺらい外壁の内側に、何千年も何万年も続く森林を作ることは可能なのか。だから、僕はまず最初にスポンサーに確認しました。Dスターを何年間維持するつもりなのか、と」

その答えは聞きたくなかった。

「十年か、百年か、千年か、それ以上か。極相林を育てようと思ったら、人工的に加速したとしても数百年掛かります。スポンサーの答えは、最低百年以上、でした」

わたしはその答えを聞いてほっとした。

「宇宙空間でそれほど長期間運用された施設はない。最低百年という数字は、だから努力目標であり、可能であればそれ以上長く運用したいというのが、スポンサーの意向でした。しかし、同時に難題も依頼された」

パビリオ氏は、Dスターを映し出していた球形ディスプレイを切り換えた。

「多くの場合、スポンサーは自分の希望だけを押し通そうとします。あの仕事の場合、スポンサーが自然とその仕組みに関して理解があるのが幸運でしたね。スポンサーは、森林が森林として安定するのには、木々の生長を待つ長い年月が必要だと理解しつつ、Dスターには昔からそこにあるものとして古い森林が必要だとの認識でした」

初期のイメージスケッチから、それを立体化した森林モデルが映し出される。

「地球上に現在存在する自然林は、その場所の環境と経緯に応じて形成されます。例えば、海底火山の噴火のように、隔絶した環境に地面が出現した場合でも、環境さえ整っていればまずコケや地衣類などが生え、鳥がそこに新しい生命を持ち込み、土ができて、その上で一年生の植物が生え、それから多年生の植物が生え、樹が生えるのはそのあとです。森林がさまざまな種類の草木と昆虫や動物などを持つ極相林として安定環境になるのに、ざっと数千年から一万年かかると言われています」

ディスプレイに黒い岩石砂漠のような環境を映し出したパビリオ氏は、映像を早送りした。最初、緑の小さな塊があちこちで大きくなったり小さくなったりするだけだった環境に草が生えるようになり、少しずつ植物のサイズが大きくなり、細い樹が生え、枯れ、生え、生長しついには森となっていく。

「では、あなたの住んでいた街の公園にあった樹木は、どんなものでした？」

「昔からそこに生えていたような大木でした」

子供の頃に見た風景を思い出して答えた。

「てっきり、地球から移植したものだと思っていましたが、違うのですか？」

「地球から必要な大きさの樹木を必要なだけ移植するオプションは、初期段階で検討されましたが、問題が多すぎることが判明しました。まず、大木は重い。それを、生かしたまま高軌道上まで輸送するコストは、大型動物の場合よりははるかに大きくなります。また、地上に生えている大木は一本ずつが複雑な生態系を宿しており、軌道上の防疫条件に合わせるように消毒したり処置したりすると、それだけで莫大な手間と費用と時間がかかり、なおかつ移植後の健康な生長が期待できないという検討結果が出ました」

パビリオ氏は、ディスプレイの中に一本の木の生長過程を映し出した。草原に、最初は草と見分けが付かないような細い植物が生え、伸びていき、少しずつ大きく、太く、葉を増やしていく。

「まず最初に種がひとつ。それを土中に植え、水を与えていけば芽が出て葉が出て、樹木は根から水分、養分を補給、葉で光合成を行ないます。地面の下に張り巡らされた根は粘菌や土中菌、枝葉は虫や鳥の巣となります。虫や鳥の糞は地面に落ちて栄養となり、樹木に吸収されますし、新しい種を付けるための受粉にも虫が必要です。つまり、樹木は一本一本で完結した生命体ではなく、森林という環境の一部分でしかない」

パビリオ氏は、立体ディスプレイをＤスターに建設予定の森林公園のコンセプトアートに切り換えた。

「スポンサーはコロニーに害虫を持ち込むことは望みませんでした。当然ですね、豊かな自然を求めて来る客は、絵葉書のような風景を見たいのであって、石の下に隠れているような虫や誘蛾灯に寄って来る蛾を見たいわけではない。だが、自然環境においては、どんな虫にも役割がある」

「承知しています」

Ｄスターに虫はいなかった。子供たちにとって虫は、図鑑とディスプレイの中にしかいない幻想の生物だった。

「知ってますか？　宇宙生まれの子供は、虫に刺されても感動するんですよ」

それも、コロニーを出るまでに何度ものワクチン投与を受けてからの話である。コロニーでは念入りに健康管理されていることもあり、また後天的な免疫を得ることが難しいので、Dスター生まれの子供には年齢ごとのワクチン投与が義務付けられていた。これがないと、地球で蚊に刺されただけでショック死するかもと医者に脅かされた。

「虫なしで植生を維持するためには、人間が虫の仕事を肩代わりしてやる必要があります。虫の役割は受粉だけではない。森林を再現しようと思えば、それを構成する要素をすべて持っていく必要がある。もちろん、スポンサーの事情も理解できます。だから、デザイナーとしては、必要な景観のために何が不可欠で、不要と切り捨てられるものがどんな役割を持っていたのか、置き換え可能なものなのか、置き換えるとしたら何を代用にしてどんな作業が必要になるのか、それは最低一〇〇年、できればそれ以上というコロニーの寿命に見合うだけのコストで賄《まかな》えるものか。そういったことをすべて検討しなければならない。だいたい、虫がいないのに鳥だけいる、樹木が生えているというのは本来自然にはない姿です」

子供の頃に、私はそれを自然だと思っていたし、大人は誰もそれを否定しなかった。

「しょうがありません。Dスターそのものが、それまで自然に存在しなかった世界です。だから、Dスターを作る我々は、Dスターがうまく稼動するようにいろいろデザインしなければならない。そのために何をするか考えた我々は、まず、手が届くところにある歴史を学ぶことにしました」

「歴史を？」

私は聞き返した。

「史上初めての巨大施設の建設に、役に立つような歴史があるんですか？」

「いっぱいあります」

パビリオ氏は両手を拡げた。

「自然には存在しないが、歴史上には参考にすべき例がいっぱい存在する。農場や牧場は、まさにそんな目的のために作られた施設です。地球の自然をそのまま持ち出そうとすると大変ですが、コロニーに見映えのいい農場や牧場をデザインすると思えばいろいろと単純になります」

「森林、という形の農場ですか？」

「そうです」

パビリオ氏は頷いた。

「荒れ地、裸の地面に森ができるには、さきほど話したような手順を必要とします。しかし、Dスターの開園スケジュールが決まっている以上、デザイナーとしてはスペースコロニーに森林を作る必要がありました」

「……どうしたんです？」

「理想と現実の折衷案を提案しました」

デザイナーは球形ディスプレイを工程表に切り換えた。

「土壌は、地球のものに近いC型小惑星の土壌を月面土壌《レゴリス》とブレンド。一年草と多年草は開園までの時間で充分に生長可能だと判断して地球から持ち込んだものを植えました」

「しかし……」

先ほどの話に戻ってしまう。子供の頃によく遊んだDスターの森林公園には、建設されてからまだ数年しか経っていないはずなのに古い巨木が何本もあった。

「Dスターには何本もの古木がありました。あれは」

「子供相手なら、何本かは地球から運んで移植したと言います。コロニーの気候に合い、移植の長旅に耐えるような強い樹木を何本か選んで地球から運んできたと。しかし、もう守秘義務期限も切れる頃だし、気付いている人もいるでしょう。Dスターにあった木々のうち、特に大きなものは全て人造のものです」

「だけど、紅葉したり落葉したりするものもありました」

「四季がないコロニーで？」

「あ！」

忘れていた。

「紅葉も落葉も、ありうるべき自然の風景の一部としてそう見せただけです。葉を複製したり天然物で挿し木することもありましたが、開園当時にあった大きな樹木はほとんどが人造物で、生長しないフェイクです」

「そんな」

「しかし、同時に将来の生長を期待して何本もの苗木も植えられました。地上のような四季がなく、暴風雨や積雪に晒《さら》されることもない樹がコロニーでどのように育つか、たかだか深さ数メートルしかない土壌にどのように根を張るか、少なくとも悪ガキの木登りに耐えられる程度には強い樹に育つのか」

「コロニーでは、同じ種類でも地球と違う育ち方をするのですか？」

「環境が違います」

パビリオ氏は首を振った。

「遠心力による疑似重力くらいは騙されてくれるでしょうが、ご存知の通りコロニーの夜は短い」

そう、主に営業上の理由により、Ｄスターの夜は短かった。夜を短く、昼間を長くすれば、宇宙リゾートの設備は二四時間営業できるし、訪問客も好きなだけ遊べる。キャストは八時間勤務の三交代でしっかり睡眠を取るが、二四時間営業するＤスターの夜は午前〇時から明け方四時まで人工的に訪れるだけだった。いくらでも昼夜を調整できるＤスターでは、ときおり明けない夜や暮れない昼のイベント日もあった。

「そして、四季がない。初期構想では、Dスターは四つ作って、それぞれ春夏秋冬の季節を再現するという案もあったそうです。さすがに一つのコロニーでの実証実験もやらないうちに季節分のアイランドを作るのは時期尚早であるのと、それよりも熱帯、寒帯のアイランドを別々に建設する方が合理的ではないかとかいろいろあって、まずは最初のアイランドでじっくり実証実験のデータを収集する、ということになったのですが」

地球と、最初から四季がない宇宙から来る客を歓待するために、Dスターの気候はもっとも心地好く、暑くも寒くもない時期、常春《とこはる》と呼ばれる理想的な季節に固定された。

「夜が極端に短いことについては、それほど心配していませんでした。夜が来ない白夜や夜が明けない極夜の地にも森林はあります。しかし、四季がない土地で木を育てると、樹木から年輪がなくなります」

「あ……」

私は思わず声を上げた。樹木を切れば年輪が現れるものだと思っていた。

「驚くほどのことではありません。例えば四季のない熱帯地方に育つ樹木にも年輪はできません。雨期、乾期があれば年輪はできますが、では四季があるはずの気候に順応した樹木を四季がないコロニーで育てると、どうなるか、やってみなければわからないことでした」

パビリオ氏は、ディスプレイを切り換えた。コンセプトアートではなく、実際に完成したDスターの森林公園の空撮映像が映し出された。

「Dスターは貴重な実験場でもありました。さまざまな種類の樹木をコロニーに植えて、どの樹木の生長が早いのか遅いのか、遠心力による疑似重力で地面からまっすぐ生長するのか、強いのか弱いのか。苗木は多めに植えましたから、コロニーで森林を形成するのに適した樹木の種類とその手入れについて、貴重なデータが得られたはずです。そして、見栄えのために作られた森林公園の人造の樹木は、年月さえ経てばすべて本物の木に置き換わるはずです。その結果が出るのはもっとずっと先の話なので、僕はデザイナーとして自分の目でそれを見届けることはできないでしょうが」

「そうですか」

私は不意に理解した。

「あなたは、未来を作ったのですね」

「よき未来であればいいのですが」

デザイナーは苦笑いして首を振った。

「残念ながら、その未来は僕の手を離れました。もし今も、Dスターが存続していれば、あそこに植えられた苗木がもういい高さになっているはずなんですが」

Dスターが軌道上遊園地として運営されたのは、開園からほんの十数年だけだった。地球の環境悪化を原因とする不況でDリゾートは大赤字を出し、上層部はいちばんの金食い虫だったDスターを付帯設備ごと売り飛ばす決定をした。

Dスターは、もはやDスターではない。L1に建設された人類最初のスペースコロニーは、全従業員を解雇してDスターとしての営業を終了した。

Dリゾートは、Dスター及び付帯施設一式の売り渡し先を公表しなかった。中東系の投資組織だろうと推測された買い手も、表には出てこなかった。

軌道上の巨大建造物を維持するには、不断の補給が必要である。遊園地としての営業を終えて旅客輸送用の宇宙船の発着こそ激減したものの、資源補給用宇宙船に関しては、減ったはずの常時滞在人口及び生命資源を考えれば順当な数の発着が続いた。

宇宙業界は、それほど広くない。軍事任務もあるから守秘義務は厳重に要請されるが、遮るもののない宇宙空間を行き交う宇宙機の姿は隠しようがない。

新しいオーナーは唯一の地球環境を保つコロニーを朽ち果てさせる気はなかった。

Dスターは、富裕層向けのいちばん新しく、いちばん安全なリゾート地になる。

売却話が出てきた時から囁《ささや》かれた噂は、さまざまな媒体で確認された。

かつての軌道上遊園地が、軌道上リゾートとして売り出される。もちろん、値段は高い。それに輪をかけて維持費が高い。

だが、地球上のどこにいても逃れられない天変地異や異常気象を避けられる上に、最上級の安全性が提供されるという売り文句は、天国に住んでいるような上流階級には魅力的だったようで、第一期の発売予定枠は簡単に埋まったという。

「Dスターがまるごと別資本に買い取られても、スタッフが完全に入れ替わったわけではありません」

パビリオ氏は、意味ありげな笑みを浮かべた。

「なにより、Dスターのような巨大閉鎖空間を維持運用するノウハウは、貴重な財産になります。Dリゾートから離れたDスターが、豊富な資金力をバックに一〇〇〇年以上の運用を目指すためには、専門家を大量に投入する必要も出てきます」

「一〇〇〇年以上！」

Dスターが最低一〇〇年以上の運用を目指していたのは聞いたが、いつのまに一桁増えたのだろう。

「お客さんになる富裕層向けの数字ではありますが、関わったものからすればそう突飛な数字でもありません」

パビリオ氏は頷いた。

「一〇〇年以上の運用期間を目指すなら、間違いなく自分の手を離れて数世代以上のスタッフが関わることになります。だとすれば、考えるのは一〇〇年保《も》つシステムではなく、一〇〇年以上、一〇〇〇年でも耐えるシステムになりますから」

「そんな先まで、Dスターは存在し続けることができるのですか？」

「適切な運用さえされれば、ええ、僕はそう信じています」

パビリオ氏はディスプレイを切り換えた。古い街に建つ巨大な聖堂が映し出された。

「地上に建設されたものでも、手入れさえ怠《おこた》らず、適切な補修を続けていれば、百年単位で今も生きている建物がいっぱいあります。軌道上の建築物なら、天変地異に対しては地上にあるものより強い。あとは、適切な運用、補修を続けられるかどうかと、我々が一〇〇〇年以上の寿命を期待される建築物を、将来の拡張性や改良の可能性まで織り込んで作れるか、が問題だと思っています」

「私が生まれるほんの何十年か前まで、Dスターは計画書の上にすら存在していませんでした。でも、生まれた場所が一〇〇〇年後にも存在しているとしたら、私にとっての故郷の意味がまったく違ったものになってきます」

「少なくとも、植生は数百年から一〇〇〇年以上かけて完成し、持続するように設計しました。保安上の理由で現在のDスターの内部は僕にも見ることはできませんが、植生は予想の範囲内でうまく育っているようです」

「他の部分はどうなっているかわかりますか?」

「さあ?」

パビリオ氏はさして残念でもなさそうに首を振った。

「ただ、Dスターを買い取った運営会社は、幸いなことにDスターを切り刻んでスクラップとして売り払うようなことはしていない。当初の設計思想に従って、長年使えるように運用するつもりのようです。軌道上の建造物は、寿命が長いものほど商品価値が上がる。そして、寿命は運用次第である程度なんとかできる。つまり現時点で、運営会社はＤスターの価値を最大化しようとしており、それは顧客の欲求にも、Ｄスターを建造したスタッフたちの希望にも添う」

パピリオ氏は穏やかな笑みを湛《たた》えていた。

「ええ、個人的な見解ですが、Ｄスターは当初構想のルートをそれほど外れていない、健全な成長を続けていると期待できます」

第四章　私の生まれた場所／スペースコロニーの作り方　メイア・シーン

メンインブラック、黒服の男は、アメリカに前世紀から伝わる有名な都市伝説である。新大陸の昔話とも言えるそれは、時代によってテーマやディテールを変化させながら生き延びてきた。

その昔、実験機や試験機を多数運用していたカリフォルニア州エドワーズ空軍基地周辺でメンインブラックと言えば死神の代名詞だった。

コンピューターが未熟な時代、ジェット機の開発や超音速領域の調査研究は作り上げた機体を実際に飛ばしてみるしかなく、テストパイロットの死亡率は今では考えられないくらい高かった。そのため、夫の勤務時間中に黒塗りの専用車で妻が待つ家に訪れる礼装軍服の士官は、飛行事故を告げる死神として忌み嫌われていた。

また、メンインブラックは、宇宙人や未確認飛行物体の秘密を守る謎のエージェントとしても伝えられた。

父と母が勤めていた職場にも、その伝説が連綿と伝えられていたという。

真面目に仕事をしていれば、いつか黒服の男が現れて、おとぎの国への切符を渡してくれるという。

その時々で、おとぎの国はよりよい職場だったり思いがけない昇進だったり、はたまた栄転に見せかけた地獄への片道切符だったりと変化する。

私の父も母も、その噂は冗談のネタ程度にしか信用していなかったという。身の回りに、だれ一人実際にメンインブラックに会った同僚がいなかったから。

だから、初めて本物のメンインブラックがフロリダの田舎にあった私の両親が住まう安アパートに訪れたとき、父も母も彼が本物ではなく、同僚が仕組んだいたずらだと思ったという。

メンインブラックと会った頃、二人はまだ結婚していなかったが、将来的には結婚する予定で、同僚にもそのことはオープンにしていた。

黒服の男は、まるで警察のように自分の身分証明書を見せて来訪目的を告げた。

「本社から、お二人の将来に関わる、重大な提案があります」

主に犯罪防止の観点から、当時の両親は当たり前のようにアパートのメールボックスに名前を表示していなかった。にもかかわらず、黒服の男は二人の名前と部署を正確に言って信用を求めたという。

高度に秘密を要する話なので、電子的な記録も残したくない。そのため、事前に予告もしないでいきなり訪問したことを詫びてから、アパート内に招き入れられた黒服の男は、紳士的なまま二人と話しはじめた。

契約の話をするなら、手許に書類や携帯端末を置いていろいろ確認しながら説明するのが普通である。しかし、記録を残したくないという黒服の男は、これから聞く話には会社としての守秘義務があり、もし第三者に洩らした場合には損害賠償を求められる可能性があること、守秘義務を守ると誓うだけで半期分の給料に特別手当が上乗せされることを約束した。

エンターテインメント産業であるリゾート会社に勤めていたから、父も母も守秘義務を伴う仕事には慣れていた。

しかし、その次に話された内容については、驚いたという。

「お二人は、将来的に結婚して、子供をもうける気はありますか?」

二人の意思を確認して、黒服の男は言った。

「もし、お二人が円満な夫婦関係と家族生活を続ける気があるのであれば、我々、本社上層部は、それを経済的、精神的、健康的に全面的に支援する用意があります」

両親は、そう言った黒服の男の顔をしみじみと見直したという。

もとより、当時の会社の手当は厚い方だった。基礎給与も各種手当も厚くした方が、社員の在職期間が長くなり、仕事の質も上がるし新人教育のコストも下がるというのが会社の方針だった。

結婚し、子供が生まれれば手当の額はさらに上がる。総額はフロリダで暮らすには充分だが、富裕層になれるほどの金額ではない。

両親は、当然の展開として詳細を求めた。守秘義務が発生することをくどいほど確認してから、黒服の男は近く開園する軌道上の新規遊園地、Dスターでの勤務と、そこで夫婦として生活することが条件になると説明した。

Dスター勤務を打診される従業員は、健康診断で現在問題がなく、体質や遺伝子チェックで将来的にも問題が出る確率が低いと診断されたものに限られる。

両親が選ばれたのは、健康状態もさることながら、結婚予定の男女であり、現在の関係が円満であり、母がまだ妊娠していないことが重要だった。

会社が父母に求めたのは、Dスターに居住するまで子供を作らないこと、生まれた子供をDスターで育てることの二つだった。

その時までに、宇宙空間で生まれた子供は何人かいた。しかし、出産後の成長に必要不可欠とされる重力を得るのが軌道上では困難なこともあり、出産後は母子ともに地球に帰還している。

「つまり、夫婦と生まれてくる子供の命と健康を、会社に捧げろということですか？」

父は、この時の会話を人生でもっとも緊張したもののひとつだ、と述懐した。

「我々はそう考えてはいません」

録音を禁止されたはずの会話を、父は細かいところまで覚えていた。それだけ気を張っていたのだろう。黒服の男は、穏やかな笑みを湛えたまま言った。

「あなた方は、我々と同じ船に乗ることになるのです」

黒服の男は、父母に対する申し出が人類史上最初の生物学的実験であることをあっさり認めた。同時に、失敗すれば会社としても痛手になるため、予算を惜しまないこと、また、今までに動物実験で目算が得られ、企業として充分に成功が見込めるだけの可能性が計算されていることを伝えた。

黒服の男は、計画に協力することによって得られる報酬についても説明した。

軌道上のDスターでの勤務は、遠隔地であるために基本給に加えて、勤務中の全期間が出張として特別手当が出ること。

勤務先での衣食住は保証され、年に二回までの地球帰還もできること。

健康維持については、地球に暮らすよりはるかに念入りで高価な診断を受けられること。とくに、宇宙での勤務中は念入りな健康診断が週単位で行なわれ、その結果は貴重な実験データとして使われること。

宇宙空間での勤務開始後に妊娠、出産すればさらなるボーナスが出ること。

夫婦関係の維持については最大限の努力を求めるが、もし破局に至ったとしても損害賠償は求められないこと。

可能であれば、子供が一二歳になるまではDスターでの勤務を続けること。ただし、家族の誰にでも宇宙空間での生活が原因と認められるような不具合が出た場合は、速やかな地球帰還と地上での最上級の医療が保証されていること。

それは、貧困ではないものの普通の生活をしていた両親にとって、まさにおとぎの国へのチケットだった。

会社の言うとおり結婚してDスターで働けば、地上にいては決して得られない報酬と経験が約束される。富裕層への仲間入りを意味する、上流階級への招待状だったという。

提案を前向きに検討したいと返答した両親は、一週間後の勤務時間中に本社に呼び出された。

フロリダ半島の一角を占める巨大な遊園地を見渡す超高層ビルの最上階にある重役用会議室は、映画でしか見たことがないような別世界で、両親は上流階級ではなく悪役の世界に入るのではないかと思ったと笑っていた。

高精細な動画を用いた詳細な説明を受け、さらに一週間の熟慮期間ののちに、両親は会社の申し出を受けた。私の誕生はこの時に決まった、とも言える。

申し出を受けた両親は、すぐに研修機関に配属替えになった。

月と同じくらい地球から離れているDスターで働くためには、昔の宇宙飛行士並みとは言わないまでも数々の技能と知識が必要になる。

あらためて念入りな身体検査と健康診断を受けた両親は、全米各地に分散して配置された施設を廻って宇宙勤務のための訓練を受けた。自分たちの未来がかかっていると思うと、学生時代よりもよほど真剣に座学や実地訓練に勤しんだという。

半年の実地訓練と研修ののち、フロリダの住居も二台の電気自動車も売り払ってすっかり身軽になった両親は、新しい任地となるDスターへ出発した。

フロリダ、ケネディ宇宙センターのスペースポートから低軌道のステーションに打ち上げられた二人は、はじめて軌道上から地球を、そして宇宙を見たという。

無重量区画しかない低軌道のステーションで二週間の実地研修を受けてから、両親はラグランジュ点のDスターに飛んだ。低軌道からの飛行は、現在と同様に三日かかったという。

こうして、両親は宇宙の住人となった。

両親がDスターに到着したとき、そこは未完成だった。地上の施設も、「永遠に開発が続く。完成したと思うなら、立ち去って欲しい」というのが社是だそうだが、Dスターはまだ営業開始できるような状態ではなかった。

直径六キロ、幅三キロにわたる巨大構造物はすでに完成し、二分に一回のゆっくりした回転を開始していた。遠心力による疑似重力は発生していて、地表で一気圧になる大気の充塡も完了し、ドーナツ構造中央部の宇宙港にはひっきりなしに物資、人員輸送の宇宙船が発着、入港待ちの宇宙船が列を成していた。

中央にある半球形の港は、回転するドーナツからは独立して回転していない。そこから、大型貨物でも搬入できるシャフトがDスターの本体であるドーナツに繋がり、人も貨物も内部に入り、シャフトのエレベーターで地表に降りていく。

Dスターは三階建て、というよりも三重のドーナツを持つ。いちばん下、外側の地面まで降りれば地球と同じ一Gに相当する遠心力による疑似重力を発生する。二階の地面は火星と同じ三分の一G、三階は月と同じ六分の一Gの重力を感じるようにドーナツが構築されている。

内部構築物は、巨大なDスターが回転を開始する前、全域が無重量状態のうちに完成させた方が効率がいい。そのため、何もない宇宙空間に先に構造を作り、必要な建築物を並べてから建物の床や壁を作って密閉するという、地球とは逆の手順で建造された。

居住区は、地球上と同様の一Gが得られる最下層、もっとも外側の一階に作られた。家具付き三階建ての三角屋根の集合住宅は宇宙に建設されたとは思えない古風なドイツ風の木組みに見せる構造で、宇宙生活に希望をふくらませていた両親をがっかりさせたという。

内部の家具まで無重量状態で設置されたことを知っている両親は、回転をはじめて疑似重力下に置かれた内部がミキサーの中のようにかき混ぜられているのではないかと恐れおののいていた。いざドアを開けて入ってみると、家具はすべて固定されていて、不要になったロックを解除する手間の方が大変だったという。

両親がDスターに入居したのは、開園予定日の一年前だった。その時点では、街の建物はほぼ全部完成しており、従業員向けの日用品店や食堂も営業を開始していた。

完成していなかったのは、自然区画と公園、とくに樹木と草などの植物だったという。入居したばかりの頃、花壇の土は黒々として緑はいっさいなかった。夜の短いDスターでの生長期間の誤差を見込んで蒔《ま》かれた種が芽を出した時、両親はDスター生まれの生命に自分たちの子供よりも先を越されたと笑い合ったという。

花壇があったのは街角や公園だけではなかった。窓の外にも鉢植えに見せた植物栽培のプランターが置かれ、一定時間ごとに散水が行なわれ、そのうちに窓からも緑が溢《あふ》れるようになった。

街灯や看板に至るまでほぼ完成していた街やアトラクション用の施設と違って、生物である観賞用の植物と飼われる動物にかけられる設備と手間は、その方向への興味を持っていなかった両親を驚愕させたという。

人間よりもよほど手間をかけて丁寧に育てられている、と父も母も言っていた。母はその理由を、「人間相手なら言えばわかるけど、植物や動物相手じゃ言ったって聞きゃしないし、自分がどこにいるかも気にしないものねえ」と話していた。

こうしてDスターは希望的観測の注釈付きで告知されていたスケジュールよりも遅れたも

のの、華々しく開園した。

最初のうち、来訪者は多くなかった。ヴァン・アレン帯の内側の地球低軌道からはるかに遠いラグランジュ点まで訪れる観光客はそれほど多くなく、長期居住のスタッフが入場客より多い状況が続いた。

開園当初から、Dスターは入場客の総数と同時に、客がどこから来たかも公開していた。当初は地球からの観光客が過半数を占め、地球外、宇宙空間を生活の場とする宇宙居留民の割合は少なかった。

しかし、地球からの観光客の数がホリデー、バカンスシーズン、はては地上の景気にまで左右されるのに対し、宇宙からの客は一定して増加を続けた。

地球低軌道からラグランジュ点まで上がって降りてくる方が、地球低軌道から地上まで降りてまた上がってくるよりも安い。

ここに至り、Dスターが目指したのは地球からの観光客を歓待する宇宙都市ではなく、宇宙居留民が地球に降りなくても里心を満足させるための文字通り第二の地球であることが判明する。

長期にわたる運用は、巨大与圧空間に関する貴重なデータももたらした。

宇宙空間でもっとも問題となる強力な放射線は、地上となる外壁に豊富に敷き詰められた土と水により防御されることが証明された。内部で検出される放射線は、地球上で放射線が強い大都市よりも低く抑えられ、内燃機関を使わない大気は地球より清浄とされた。

Dスターが人類初のスペースコロニーとして稼動を開始して一年半後、宇宙遊園地として開園して半年後に、キャストに第一世代の子供ができたことが発表された。

宇宙空間に居住したまま妊娠し、出産する。そのための手厚い病院がDスターには併設されており、地球に降りなくても緊急事態に対応できるようになっていた。

Dスターは、地球外最大の医療施設として月や地球高軌道からの患者も受け入れていた。

宇宙空間で妊娠した宇宙居留民が、宇宙での初めての子供を出産するのに際して、母親も父親もそれまで以上に念入りな健康チェックを受けた。

宇宙空間での出産に関して、国籍問題についてどういう問題提起があり、Dスターの法務部がどんな解決を想定していたのかはわからない。しかし、人類が宇宙空間に拡がっていくならば、それは必要な行程であると関係者全員が理解していたのもたぶん間違いないだろう。

宇宙で生まれた赤ん坊の国籍問題については、多国籍企業Dのホームグラウンドであるアメリカ合衆国法務省との密約があったのではないかと言われている。

Dスターは、金食い虫だった。史上最大の宇宙建築、いくつもの記録に彩られた人類史上最大の構造物は、建造だけではなくその維持にも多大なコストを呑み込んだ。

捕獲された彗星の過半を湖のために購入したDスターの建造費は、一国の国家予算にも匹敵すると言われた。

また、地球近傍空間にある人工構造材の三分の一はDスターに使われたとか、最盛時で軌道上のマンパワーの八割が建設に投入されたとか、Dスターに関する伝説は多い。

それまでに、数キロスケールの巨大構造物が軌道上に存在しなかったわけではない。かつてニュー・フロンティア社が月の裏側のラグランジュ点に建設した太陽発電衛星は、差し渡し一〇キロを超えてなおも増築計画がある。

しかし、太陽発電衛星は、基本的に薄膜一枚だけの構造であり、付属施設を加えてもその総質量は意外に大きくない。

Dスターは、スケール的には太陽発電衛星を下回るが、構造質量も内容積もはるかに大きい。

しかも、常時回転して疑似重力を発生する巨大構造体は、無重量状態で形を保てばいい構造体よりもはるかに大きな強度を必要とし、常時ストレスに晒されることになる。

Dスターの基本設計は、民間により行なわれた。

その建造開始までに、地上に降りない、宇宙空間専用の純然たる宇宙船は微小衛星から超大型プラント船まで数多く建造され、それより二桁多い数が検討された。観光用、工業用の宇宙ステーションも多く建設され、最も遠いものは火星と木星の間の小惑星帯で採掘基地として稼動している。

だから、宇宙開発業者、とくに無重量状態で運用される宇宙船や構造物を作る造船、建築業者は多大な知見と経験を積んでいた。

Dスターの設計構造については詳細があきらかになっているが、その設計、開発スタッフについては公開されているデータは少ない。

関わった人員の数があまりにも多く、関わったこと自体に守秘義務が課せられていることがあるらしい。

しかし、こちらはDスターで生まれ育った、言わば関係者である。

内部関係のコネクションにいろいろ当たった結果、わたしはDスターの建設初期から関わったというベテランの設計技師に会うことができた。

無重力建築家を名乗る老人は、テキサス州ヒューストンの郊外の牧場にいた。信じられないくらい長い経歴にふさわしい年齢で、現在でも軌道上からちょくちょく相談が来るという。ドキュメンタリーでもときたま顔を見るくらいには有名人だが、Dスターに関してのインタビューは名前を出さないという条件で行なわれた。

「まあようするに、スペースコロニーってのはとてつもない金食い虫だってことです」

下調べがなければ、目の前の小柄な黒人の老人が人類最大の建造物を設計のみならず運用手順まで作った伝説的なデザイナーだとはわからないだろう。貧相な老人は、まったく年齢を感じさせない早口で言った。

「んなことは、作る前からわかってたんですけどね。幸いにして彗星が予定の半分以下とはいえ地球圏にキャッチできたんで、水資源の確保についてはずいぶん安上がりにできることになったんですが、それにしても数百万トンにもなる土や部材はどこかから持っていって据え付けなきゃならない。そのために、適当なM型小惑星持ってきて精製プラント作って、それでも足りない部品は地球上から持って上がる。スペースコロニーって言えばあっちの業界じゃ有名な大道具ですが、新天地を作るっていうならほんとは国家事業ですからね。国家予算並みのコストを呑み込む計画だ、世界規模とはいえ多国籍企業程度でなんとかなる話じゃない」

老人は立て板に水のように語る。情報量が多いから、レコーダーで聞きなおさないと話を理解する自信がない。

「だが、数十年スパンで意志統一できるような独裁国家ならいざ知らず、民主主義が主流の現在世界の議会制民主主義国家ができるような計画でもない。新天地を手に入れられる上に、それに伴う技術開発で世界をリードできるとわかっていても、リターンが出てくるまでに注ぎ込まなきゃならない資金の量が半端ない。だから、最初のスペースコロニーが軌道上のリゾートとして建設されるって計画を最初に見た時、関係者の反応はだいたい同じでしたよ」

「……どう思ったんですか?」

「正気か?」

老人は歳を感じさせない悪戯《いたずら》を企むような笑顔で言った。

「世界有数のリゾート企業が、その純益どころか総予算を上回るような金額を十年単位で注ぎ込み続けなければならない、しかも楽観的な見積もりをしないと存続可能なだけの利益を上げることもできないような宇宙遊園地の建設計画を見せられれば、そんな夢想いくらでも見せられてる古い業界人なら『またか』と思います。そして、完成想像図と吹けるだけ吹いたような計画、非現実的な予算規模を見て、正気か？　と思うわけです」

「正気だったんですね？」

「いや」

老人は笑いながら首を振った。

「どう見ても、経営部や上層部の過半数がおかしくなったとしか考えられませんね。だって、計画がどれだけ進んでも完成想像図の規模が縮小されず、予算はどんどん膨れあがっていくのに、計画が中止にならないんですよ」

「なるほど、それで正気ではない、と」

「まあ、宇宙飛行にしても月面着陸にしても、まともな神経で進められるような計画じゃなかったのは確かです。それが証拠に、月面着陸に成功した合衆国では、アポロ後に計画されてた月面基地、宇宙ステーション計画は採用されず、ステーションとの往復用に提案されていたスペースシャトル計画のみ採用、ってしょっぱいことになっちゃったわけですが」

「……宇宙計画は、正気では進められないものなのですか？」

おそるおそる訊くと、老人はとぼけた顔をして握った片手をぽんっと開いて見せた。

「正気なら、空の上に消えるのがわかってる資金を積み上げるような予算書にＯＫ出すような人種は会社経営なんかしません。宇宙基地は建設にも維持にも金がかかるものですが、スペースコロニーにかかる金は半端じゃありません。地球と同等に暮らせる環境を宇宙空間に創出するなんて前提がそもそも間違ってるんです」

「でも、一度は建設に成功した」

「沈み続ける船を絶え間ない修理で浮かせ続けることは、完成とはいいません」

老人は笑顔のまま手を振った。

「確かに、Ｄスターは一度は完成し、軌道上遊園地として何年も営業し、宇宙空間で何年も人を健康的に生活させることに成功しました。あなたのように、あそこで生まれて育った子供たちにたいした問題が出ていないのは、私の誇りとするところです。だが、いかんせん、コロニーの維持には天使の取り分が多すぎる」

「天使の取り分、とはなんですか？」

聞いたことがない単語だ。話のペースが早いから、解らない単語はすぐその場で質問しないと忘れてしまう。

「おお、失礼、蒸留酒を樽《たる》に詰めて熟成させると、長い年月の間にアルコールやらなにやら蒸発して、酒の量が減ってしまうのです。古くから知られている現象で、酒造家は樽から減った酒は天使が呑んだということにして、天使の取り分と呼んでいるのです」

残念ながら、酒にはあまり詳しくない。子供の頃は宇宙にいたから目にする機会がほとんどなく、大人になった今も積極的には口にしていない。

「スペースコロニーにも、天使の取り分があるのですか？」

「ごっそりと」

老人はおぞましげな顔で言う。

「真空ってのは恐ろしいもので、一体構造で完全密閉、どこにも繋ぎ目のない容器を作ったところで、中が一気圧で外が真空だと中のものは気体でも液体でも染み出していくんです。これは、宇宙船でも宇宙基地でももちろんスペースコロニーでもいっしょです」

「空気漏れがいちばん怖い、という話はよく聞きますが、完全に密閉されていても駄目なんですか？」

「相手が分子の小さな水素だったりするともうてきめんですね。液体水素だったりすると二〇度ケルビン、零下二五三度を維持しなければならないし、水素はとにかく小さいんで金属にも浸透して水素脆化《ぜいか》を引き起こします。我々が呼吸する酸素はかなりマシですが、それでも窒素と比べれば三倍抜けやすい。また、真空中と大気圧の出入りがあれば、エアロックなんかで無駄に大気を放出すればその分はどこからかもってこなきゃならない。宇宙じゃ空気は大事な資源なんで、ポンプでタンクに回収して後生大事に使い回してますが、最高の設備をもってしても完全密閉はできない。人の出入りがある限り、大気、水分はいくらでも漏れ出して、あっという間に拡散しますからね、どうやっても回収できない。だから、減った分は他から持ってきて継ぎ足すしかない。そして、スペースコロニーで消費されるのは水と空気だけじゃない」

老人は大きなマグカップからコーヒーをひとくち呑んだ。

「なんせ、当初のコンセプトが軌道上遊園地ですからね。南極旅行より高く付く最高級の観光旅行だ。それだけの料金を払える富裕層に、三食宇宙食ってわけにはいかない。となれば、豪華な食材も揃えなきゃならないし、そのための食品工場も用意しなきゃならない。でも高級食材は必ずしも効率的に生産できるわけではない。非効率だからこそ高級食材として認められてるところがある。もちろん、高級客からは高額の料金を取れるから、それだけのコストをかけて食材やら土産物やらはるばる高軌道まで運送する価値が出るわけですが、それにしてもコストは高価《たか》い」

子供の頃は、その経済感覚がどうにも理解できなかった。その世界しか知らないのだから当然だろう。

「完全閉鎖系で、せっかく空気から水に至るまで完全に再利用する持続可能な循環系を作ったのに、客に呑ませるミネラルウォーターはわざわざ本体の数百倍のコストをかけて運んでくるのか、って話ですよ。そうしたら会社はこう言う。おまえらの年収分より高い料金払って来る客に、おまえらの排泄物から再生した水を呑ませるのか、と。地球で呑むミネラルウォーターだって、ビンテージワインの水分子だって、もとを辿れば誰かの汗やおしっこだったはずだってったって聞く耳は持ちません」

話している内容とは裏腹の老人の豊かな表情と手の動きに、私は笑いをこらえるのが大変だった。

「まあね、目の玉が飛び出るような高い料金を提示するホストとして、地球上のどこだろうが天の上だろうがその料金に見合うだけのものを用意しなきゃならない、それは商売として理解できますよ。だとしても原価計算が甘い！　商売するならもっと計算しろ‼　って話になるわけです」

こめかみを指先でとんとんと叩いて、老人は続けた。

「しかたないからねえ、作りましたよ、高級食材向けの生産系を。軌道上じゃ畜産なんて効率悪いんでやりたかないんですが、そっちはまあコロニーのコンセプトにも合うからしょうがないとして、問題は水だ。地上からラグランジュ点まで飲用のためだけの水を持ってくるなんて効率が悪すぎる」

「どうしたんですか？」

「こっから先は最重要機密事項なんで、絶対に記事にはしないと誓ってください」

「解りました。誓います」

「ヨーロッパで最大のミネラルウォーターのメーカーとコラボレーションして、彗星をイメージしたミネラルウォーターを高級ブランドとして発売する。そのステッカーをリサイクルシステムに貼って、名前も変えました」

老人は派手にウィンクして見せた。

「おかげで、水資源に関する問題はあらかた解決しました。あれは、私たちスタッフの誇るべき業績の中でも最高のものだったと今でも思いますね」

それは、Dスターの住人なら子供でも知っている事実だった。

「ただまあ、スペースコロニーの維持に当たって、必要な条件は他にもいくつもあります」

老人は、目の前に出した右手の親指を折った。

「まず、エネルギー。地球上で日常生活するにも電気をはじめとするエネルギーは必要ですが、宇宙におけるエネルギーコストは地上に比べて圧倒的に低い。輸送コストをほとんど無視できることもあり、天の上の唯一のアドバンテージです。この傾向は、鉱山惑星の太陽電池プラントが高軌道上で動き出したことによってさらに強まりました。つまり、エネルギーはいくらでもつぎ込める」

老人は、二本目の人差し指を折った。

「次に、材料。建築資材については、金属を主成分とするM型小惑星をまるごと引っ張ってきたおかげでしばらくは困りません。地上から建築資材を上げる場合と、宇宙空間で調達する場合のコストは一〇〇倍くらい違いますから、M型小惑星は鉱山みたいなものです。それを食い尽くしても、いくらでも次がある。ひとつめの資源惑星、Mスターが大成功しましたから、他の資源惑星の開発計画も進んでいる」

老人は、三本目の中指を折った。

「それから、コロニーの中に敷いたり溜めたりしなきゃならない土と水。両方とも、場合によったらスペースコロニーを形作る金属材料よりも大量に欲しい。ただまあ、資源惑星で必要な金属を精錬したあとのガラとか、調達の当てはあります。コロニーに置いた土は地球上なら珍しくもない風化という過程を経ていないから、それなりの加工をする必要はあります。月や小惑星表面のレゴリスも同様、堆積物は固かったりとんがってたり、そのまま敷き詰めても人工環境下では何十年もかけて丸くなったりはしませんから、事前に角を取らなければなりません。地球と同じ大気環境下で酸化を含め変質するようなら、それに応じた処置が必要になりますし、花壇や公園、鉢植えに使う土と土台に使う土、歩道に使う土は保水性などを考えて違うものにしなければなりません」

「全部同じ土じゃなかったんですか⁉」

自分が踏みしめていた土が、場所によって違うものだとは考えたこともなかった。

「地球上でも、場所によって地面の土、岩、砂は違いますからね。都市部で大きな建物を建てるならまず深い穴を掘って、地面の深いところから基礎を作り始めます。車道も歩道も石畳もそのための作り方がありますし、花壇や鉢植え用の土もあります。なにを作るのか最初から決まっているシリンダーなら、それに応じて構造部からその上に重ねる地下、地中、地面までをつくることになります」

老人は、忘れていたような顔で付け加えた。

「そうそう、場所によっては運河や湖も作らなければなりません。全体が回転をはじめて遠心力による疑似重力がかかっても、それに一万年は耐えるだけの強度も必要になります」

「一万年」

小学校の教師が、Dスターは一万年保《も》つように作られた、と言っていた。小学生にとってその数字はあまりに非現実的で、子供たちは一斉に笑った。

その様子を見ていた教師の温和な笑顔は今でも思い出せるが、あの数字に根拠があったとは。

「そんなに長く保《も》つものなのですか」

「軌道上の建造物は、地球上のものと比べて風化しないという利点があります。代わりに、地球軌道辺りだと太陽に当たる面は二〇〇度、影の側はマイナス一〇〇度ととんでもない温度差に晒されますし、飛び交う放射線の量もものべつまくなしって嫌になるくらいの量になりますが、一度作ってしまえば環境は安定している。ラグランジュ点みたいな高軌道なら、地球低軌道のように飛行時間の半分は地球の影に入って熱環境の変化が激しいみたいなこともありません。なので、熱設計を適切に行なえば、軌道上建造物の寿命は相当に長く設定できます。設計寿命よりも、技術革新による陳腐化の方が先に来るだろうってのは技術者から経理担当まで全員の一致した見解です」

老人はもっともらしい顔で頷いてみせた。

「ただし、現実に作り上げたものが見込み通り保《も》ってくれるかどうかは、実際に使ってみないとわからない。前例のない巨大構造物ですから、長い年月の間にどこがどれくらい痛むのか、ダメージを受けるのか、表面から構造の奥底にまでセンサーは多めに仕込んで、おかげで貴重なデータが今も蓄積されています。安全率を見込んで強度高めに作ったので、もし次があればもっと安く、効率的に作れるでしょう」

老人は、西部開拓時代をイメージしたらしい応接室から、木枠の窓の外に見える牧場の風景に目をやった。

「しかし、もっと重大な問題があります。中に詰めるもの」

老人は深刻そうな声音で言った。

「中に？　土や水ですか？」

「大気です」

老人は意味ありげに両手を上げてみた。

「地球上ならこの辺りにいくらでもある窒素。地球生物が生息する環境を作るのに不可欠な地球大気の七八パーセントを占める窒素だけは、地球近傍の軌道上に存在しない。土星の衛星、タイタン辺りまで行けば豊富に存在してますが、片道何年もかかるような外惑星まで往復するくらいなら、すぐそこにある地球から汲み上げた方が早い」

老人は、両手を水を掬《すく》うように合わせた。

「窒素が他のガスや化合物で置き換えられないかってのは、昔から考えたり実験されたりしてましてね。例えば酸素だ。地球生命を生かすだけなら、一〇〇パーセント酸素だけの大気でもなんとかなる。ただし、酸素だけで一気圧にすると身体によくないんで、三分の一気圧まで下げればちょうどよくなる。内圧は低い方が構造にかかる負担も低くなるんでいろいろ具合がいいし、なにより酸素なら水から、あるいは酸化してる石や砂から還元してやるだけでいくらでも手に入ります」

「そうしてない、ってことは何か不具合があるんですね？」

「山のように」

老人はおぞましげな顔で首を振った。

「純粋酸素環境下では、すべてのものが酸化されます。これは錆《さび》が進行し、ものがあっという間に劣化することを意味します。この酸化って現象が実に厄介でして」

老人は、握った両手をぱっと拡げて見せた。

「酸化、つまり燃焼です。たとえ三分の一気圧でも純粋酸素を充塡した環境で火を点けたら、普通は燃えない金属まで瞬時に燃え上がる。純粋酸素を充塡したスペースコロニーでは、どこか一点から火の手が上がっただけで瞬時にすべてが燃え上がる」

「難燃性の素材を使う、などで回避できませんか？」

「訓練された乗組員のみが乗り込む条件ならば可能でしょう」

老人は難しい顔で頷いた。

「しかし、我々が求められていたのは遊園地です。高価なチケットを買った老若男女が楽しみに来る場所です。いろいろと行動制限がかかる、大昔の宇宙船みたいな純粋酸素充塡ってのはあまりに非現実的だ。まあ、実のところ構造体の中の気圧を三分の一にできるのなら、全体の強度も下げられるし軽くなるんで安くできるし、内圧が低ければ漏れ出すガスも少なくなって天使の取り分も減らせるんで悪いことばかりじゃないんですが、同時に水の沸点も低くなるんでコーヒーも料理もまずくなる。どう考えても長期滞在者や遊園地に遊びに来る観光客向けじゃない。そういうわけで、コロニーの中は他と同様、一気圧の大気で充塡するのが現実的ってことになります。では、二割は呼吸に必要な酸素にするとして、残り全部をなんにするか。酸素と化合しない安定した気体であること、酸素とそれほど比重が違わない、地球生物にも機械にも無害な、しかもほどほどのコストで大量に調達できる素性のわかってるガスとなると、やはり窒素がいちばんいい。そうすると、体積にしてコロニーのほとんど全部を占める原材料を、全部地球から持ってこなきゃならなくなるわけですが」

「コロニー全部を埋めるだけの窒素を、全部地球から持っていかなければならなくなるのですね」

「そういうことです」

老人は頷いた。

「液体窒素にすれば多少は容積を稼げるのでは？」

「Dスターの中に詰め込まれている窒素が全部で何トンかご存知ですか？」

私は口ごもった。

Dスターの総重量は億トン単位だと聞いたことはある。目に見える土や水も、外部構造を作る小惑星の鉱山から作られた金属材料も大量なのはわかっている。だが、目に見えない、大気の量と言われても、見当もつかない。

「基本的なことを教えましょう。まず窒素。これは一リットルで一・二五グラムになります。酸素は一・四三グラムとちょっと重い。大気のレシピは、窒素八割に酸素二割をブレンドするので、一リットルあたり一・三グラムになります。一リットルの水が一〇〇〇グラムになるのはご存じですよね？」

私は暗算した。Dスターの寸法はわかっている。中央部分と、直径二キロ、四キロ、六キロ、厚さ二〇〇メートル、幅三キロに及ぶドーナツ型。体積に重さを掛ければ、だいたいの総重量は出てくる。

　だが、暗算で出てきた数字は私の見当を大きく上回っていた。

「携帯端末を使っても？」

「もちろん」

　私は録音状態のまま置いていた携帯端末の計算機能を呼び出し、桁数に気を付けて計算する。出てきた数字は、間違っていなかった。

「第三層だけで、六〇〇万トン？」

　その数字の非現実さ加減に、私はおそるおそる訊いてみた。老人はしたり顔で頷いた。

「それで合っています。もし、当初設計通り、Dスターをドーナツ型じゃなくてシリンダー型にしてそのすべてに大気を充填するとなると、その総重量は大気だけで一億トンを超えます。その重量を地上からすべて持ち上げなければならない。当時の重量物貨物機《ヘビーリフター》でも軌道投入重量は一回の打ち上げで一〇〇〇トン、それも低軌道で、高軌道に持って行くにはさらに推進系と推進剤が必要になります。一回の軌道投入で一〇〇〇トン、現実的には低温液体化した窒素と断熱タンク込みだと液体窒素だけでその重量というわけには行きませんが、それでDスターの第三層を満たす液体窒素の汲み上げに何回の打ち上げが必要になると思いますか？」

　こんどの暗算は、携帯端末で検算する必要もないほど簡単だった。

「六〇〇〇回、ですか？」

「そうです。打ち上げ重量が万トン単位のばかでっかいヘビーリフターを、そのためだけに世界の年間打ち上げ回数の何倍も多く打ち上げなきゃならない。提案する側にとっても提出前から冗談にしかならないってわかりますね」

軌道上で使う金属資源や水資源が宇宙空間の小惑星や彗星から供給できるようになって、その調達費用は画期的に下がった。しかし、地球上から持って上がらなければならないものは高価につく。

だから、軌道上のものをできるだけ安価に構築しようと思ったら、地球から持ってくるものをできるだけ少なくしなければならない。

Dスターの場合、どうしても地球から持ってこなければならないものが、まさかそんな身近で、しかもそれほど大量に必要だったとは。

「……実際に、ヘビーリフターを数千回も打ち上げたのですか？」

口にした質問を、私は即座に打ち消した。

「いや、そんなはずありませんよね。ヘビーリフター数千回の打ち上げで投入できるのは低軌道までで、そこから先ラグランジュ点まで持って上がろうと思うとさらに推進剤が必要になる。Dスターの建造時に、それほどの大規模船団が編成された記録は見たことがありません。なのに、Dスターの大気は八割の窒素で満たされていた」

Dスターには、いろんなところに大気圧と成分表示のディスプレイがあり、急減圧や有毒ガス発生があればすぐにシェルターに避難するように、と言われていた。幸いなことにそれが役に立つようなことはなかったが、ほんとうの非常事態になればそんなものを見ている暇がないことにも気付いていた。

ディスプレイの成分表示には、与圧大気の八割を占める窒素があった。環境や条件によって細かい数字は変化するが、一桁パーセントの変化までは見たことがない。

「どこから持ってきたんですか？　窒素が主成分の彗星か小惑星でも発見されたんですか？」

それなら見逃していても不思議はない。だが、老人は笑顔で首を振った。

「いいえ。地球圏でもっとも窒素が豊富に存在するのは、地球です。残念ながら、大規模構造物を満たすほどの窒素資源は今まで発見されていません。となれば、地球から持ってくるしかない」

「どうやって？　知らないうちにヘビーリフターの大船団を組んだのですか？」

「それができるくらいの予算があれば楽でしょうねえ。しかし、毎週ヘビーリフターを打ち上げても六〇〇〇回の打ち上げには一二〇年もかかってしまいます。毎日打ち上げても二〇年近い。建設には間に合わない」

「では、どこから？　いえ、それは地球からでしたね。どんな魔法を使ったのですか？」

「スペースグライダーという名前を聞いたことはありますか？」

その単語を記憶の奥底から拾い出すのにしばらく時間がかかった。大気の抵抗が問題になるほどの低高度軌道を動力飛行する大型機だったような気がする。

「大気圏上層部ぎりぎりを飛ぶ宇宙機、でしたっけ？」

「そうです。ご存知の通り地球大気は上層でも下層でも、成分分布はそれほど変わりがない。つまり、スペースグライダーで上層大気を汲み上げれば、低軌道で窒素を含む大気資源を得ることができる」

「上層大気を、汲み上げる」

具体的なイメージを想像できずに、私は老人の言葉を繰り返した。

「もちろん、井戸の底からバケツで水を汲み上げるとか、水上機で湖の水を吸い込むようなわけにはいきません。大気圏上層部に蜘蛛の巣のように細いテザーを拡げ、電磁化した大気分子をまとめて吸い上げて圧縮して、という工程が必要になります。そのために新規の機体も作らなきゃならないし、なにより万トン単位の大気を効率的にラグランジュ点に輸送するインフラも建設しなきゃならない。だが、それら全部を見積もっても、ヘビーリフターを必要回数打ち上げるよりはずいぶん安く付く」

「ウェブライダー！」

Dスターの科学展示館、といっても実質は展示室程度のものだったが、そこで見た大小さまざまの宇宙船の模型を思い出した。Dスターの主構造材となる金属資源の大半を掘り出して精錬した鉱山惑星が最も大きく、細かい作業を行なうロボットシップは大小さまざま、いちばん小さいものは作業用宇宙ポッドや宇宙服よりも小さかった。

子供にはなんの役に立ったのか見当も付かない作業船も多かった。展示ケースの中の模型には、名称と簡単な形式番号のプレートが添えられているだけだったから。

そうした無数の働く宇宙船の底に、ウェブライダーという説明板《プレート》がついた、平べったい尖ったくさび型の作業船がいた。放射状に拡げた網の中心部に乗っていたのは、宙に浮いている表現のためだと勝手に解釈していた。あの細い糸が高層大気を帯電させて収集するための網だと思うと、それが最も下、地球にいちばん近い位置に飾られていた理由まですんなり呑み込める。

「そう、実用型の空気汲み上げ用のスペースグライダーは、炭素繊維製の大きな網を拡げて上層大気を集めるので、網に乗るグライダー、ウェブライダーと呼ばれました。あれの開発に成功しなかったら、軌道上大規模構造物は今でもひとつも完成していなかったかもしれません」

「Dスターの建設のために」

私はそのために必要な数字を頭の中で検算した。

「新しい宇宙船を開発したのですか?」

「そういうことになりますね。上層大気を収集、液化してさらなる高軌道に射ち出し、高軌道でキャッチしてラグランジュ点に移送する輸送システムをまるごと開発したことになります」

「スペースコロニーを設計しただけではなく、それを作り上げるための方法までデザインした、ということですか？」

「そうです」

老人はうれしそうに笑った。

「今までに世の中に存在しないものを依頼されて作る、ということは、その作り方までデザインする、ということなのです。うまくいけば、二つ目、三つ目の注文が来ますし、もし来なくても他の誰かができあがったシステムの他の使い方を考えてくれるかも知れない。現に、上層大気から地球大気を汲み上げる会社は、地球圏全体に大気を供給するスペースエアシステムとして今や大企業に成長しています」

スペースエアシステムは、軌道上でも地上の宇宙港でも広告塔をよく見掛ける大企業である。宇宙に地球環境を持ち出すイメージ広告は、Dスターの日常風景の一部だった。

「Dスター建設のために、新しい会社を作ったのですか？」

「それも、いくつも」

老人はしたり顔で頷いた。

「当初の方針では、会社はDスター運営のための会社は作っても、そのために他の会社を買収したり設立したりするつもりはありませんでした。しかし、なにせ前例のない巨大建造物だ。宇宙業界について調べた会社は、あまりの収益性の低さに、当時の幹部は青くなってDスター建造そのものを再検討したそうです」

老人はこっそり付け加えた。

「その時期、Dスターはデススターと呼ばれていたとか」

私は思わず噴き出した。

「計画の開始時点で、会社は宇宙産業が儲けを期待できるような業界でないことを理解しており、だからこそDスター運営のためにはノウハウも機材も揃っている他社を可能な限り活用する方針でした。しかし、設計と同時に建設計画を組んでみると、自前で用意しなければならない業種が多いことが判明します。内部に充填する窒素が、軌道上で流通している窒素ガスの何万倍にもなるとか、建設材料が軌道上にある人工物の何百倍もの重量になるとか、そのためには鉱山惑星をひとつ確保して精錬プラントごとL2に置いた方がトータルで安く付くとか。可能な限り業界の他社を使うという方針はかなり早い段階で瓦解しまして、結果的に運営会社は業界のリストを書き換えるほどの数の会社を作ることになります。その中には、スペースエアシステムのようなそれまでに存在しない新機軸や新技術を使う会社も必要でした」

老人は、壁に掛けられていた天の川の大判写真に視線を投げかけた。

「正直に言って、新しい宇宙船の設計や新技術の開発をするよりも、それを運用するための新会社の設立を会社に認めさせる方が大変でした。考えてみれば当然ですよね。会社は会社を設立運営する難しさをよく知っている。我々だって可能ならば安全確実の既存の技術だけでオーダーを達成したいとは思いますよ。だが、必要な技術も資材も必要な時に必要な場所に揃っていないのであれば、そのあたりから用意するのが我々の仕事です」

老人はマグカップに口を付けてから話を続けた。

「もちろん、大量の炭化水素燃料を消費する航空運輸会社が石油会社を持っているわけじゃない。豪華客船を運用する会社が、造船所や港湾会社まで維持してるわけじゃない。必要な会社を抱え込むってのはコスト削減には有用な方法です。だが、まっとうな会社なら、他業種に手を出す前に業務内容からコスト計算まで念入りな調査を行ないます。コロニー維持のために宇宙輸送会社を買うかどうか検討した会社が知ったのは、それが決してぼろ儲けしている値段ではなく、経済圏としての宇宙を維持するために必要なコストが積み重ねられた数字だということです。つまり、輸送会社を買い上げたとしても、画期的に輸送コストを下げることはできない。それを理解している会社に、それでも技術開発と運用のために新しい組織が必要であり、現在の業界のトップをはるかに超える生産量が必要であることを納得してもらうのは、実際の建設よりも大変だったそうですよ」

「よく、できましたね」

かつて住んでいた巨大なスペースコロニーの外景を思い出して、正直に言った。

「まあ、みんな正気じゃなかったんでしょうねえ。そうやって技術と実績を積み上げた先に勝算があったのも確かですが」

「勝算、ですか？」

「スペースコロニーは果てしなく予算を呑み込む金食い虫です。しかし、地球からの資源輸送なしにコロニーを建設、維持できるようになれば、事態が決定的に変化します」

「それは……」

私は、老人の言葉を注意深く吟味して確認した。

「スペースコロニーを維持するためのすべての資源が、宇宙空間からもたらされるようになれば、ということですか？」

「そうです。コロニー建設のための資材は小惑星から、水は彗星から、大気の大半を占める窒素も地球以外のどこかから調達することができれば、スペースコロニーは、地球に依存することなく存続が可能になる」

「地球からの独立が可能になる？」

「それもあるでしょうが」

デザイナーはカップを両手で抱むように持った。

「この太陽系で地球に依存せずにコロニーを建設、維持することができるようになれば、他の恒星系に行ってもそこにコロニーを建設することができる、つまり地球型惑星がなくても、充分なエネルギーさえ供給できれば太陽系外に居住することができるようになります」

「しかし」

晴れ晴れとしたデザイナーの笑顔に違和感を覚えながら、私は訊いた。

「それなら、この太陽系にコロニーを作ればいいのでは？」

「太陽系外に行きたくないですか？」

デザイナーは不思議そうな顔をした。

「もし、その手段があり、可能性があるなら、他の星に行ってみたいとは思いませんか？」

「充分に安全なら」

私はあいまいに答えた。宇宙生まれだからといって、全員が開拓精神に富んでいるわけではない。むしろ、幼少時から環境に関する安全性と危険性を充分に教育されるから、フロンティアスピリットには、地球育ちよりも欠けているかもしれない。

「太陽系外でスペースコロニーが建設できれば、現地で系外惑星を開発するための時間の余裕が稼げます」

老人の表情が急に厳しくなった。

「地球型系外惑星が、我々の地球とそっくり同じ環境条件を備えている確率は残念ながら非常に低い。まず遠距離観測で精査されるでしょうが、現地に到着してからやっぱり駄目でしたというわけには行かないでしょう。だが、太陽系外地球型惑星がある他の星系で、事前にコロニー建設と維持のための資源が確認できていれば、惑星地表に降りなくても軌道上にコロニーを作ることで時間が稼げる」

「恒星間移民の前線基地として、コロニーが役に立つと？」

「はい」

老人はコーヒーをのぞきこんだ。そこに宇宙が見えるかのように。

「人類、というより世界を存続させるのに地球型惑星がもっとも適しているという思想には共感しますが、もし、人類の存続がスペースコロニーで足りるならば、地球型惑星がある他星系ではなく適当な恒星さえあれば、それこそこの太陽系内でも人類滅亡の心配を減らすことができます。そして、太陽系外に出れば、太陽活動とは関係なく人類と地球の生命を存続させることができます。そのためには、地球環境を宇宙空間に構築することが必要で、コロニーがあればその一部なりとも複製維持できることが証明されつつあります」

「生存確率を高めるための恒星間移民ですか」

「そうです。いささか強引な手法であることは認めますよ。でも、地球環境が安定していないことも全人類が認めている。太陽も、いつどんな不安定な現象を起こすかわからない。それなら、安定できる未来のために地球や太陽に頼らない生き延びる方法を確立しておくのが、我々の仕事ではないのでしょうか？」

私は、老人の顔を見直した。なぜこの老人を貧相だと思ったのだろう。

「あなたは、スペースコロニーを作ったのではなく、スペースコロニーを作る方法を作ったのですね」

「今までに存在しないものを依頼されると、だいたいそういうことになります」

老人は視線を上げた。

「次の機会があれば、もっとうまくできると思いますよ。そして、いつかは系外星系にもコロニーができていればいいと思います。作り方の基礎はわかりましたから」

第五章　恒星間ネットワークを作った人たち

メイア・シーンによる劉健《リユウケン》社長のインタビュー

「なぜ？」

私は、ロサンゼルスのオフィス街にある超高層ビルの最上階で、今回の計画の総指揮を執っているという男に問いかけた。東洋人は年齢がわかりにくいというが、目の前の中国人は若いのかそれともそれが抗齢治療の成果なのかまったく判断がつかない。

「なぜ、あなたは間違いなく自分が生きているうちにその結果を見ることができない計画をそれほど精力的に進めるのですか？」

「間違いなく？」

回転卓を載せた円卓を挟んだ反対側に座る社長は、お茶を入れた小さなカップを片手に持ったまま興味深そうにそう繰り返した。

「だって、そうでしょう」

私は、質問すべき数字を間違えないように注意深くリストに目を走らせた。

「地球からくじら座τ星までの距離は一一・九光年、あなたの恒星間探査機が光速の二〇パーセントまで加速されて無事に飛行を続けたとしても、目的地に到達するのは六〇年後、そこから観測結果が地球に送り返されて届くのはさらに一二年後ですよ」

「正確には、一一年と一〇ヶ月と四週間後です」

　穏やかな微笑みを浮かべた社長は、持っていたカップをテーブルに置いた。

「それと、八時間一二分三九秒。これもτ星との距離をもとにした予測でしかなく、観測結果はもっと早く届き始めるだろうと言われています。たぶん、七〇年後くらいには」

「その頃、地球はとっくに次の世紀になっています」

「そうですね」

「そのころのあなたはかなりのご高齢になっているはずだ。あなたが生きてτ星の惑星の写真を見ることはできても、τ星には降りられないと思います。なのになぜここまでこの計画に入れ込んでいるのです？」

「この計画だけじゃありませんよ。このあと、遠く離れていく探査機との通信を確実に維持するための巨大アンテナも建設しなきゃならないし、通過観測だけでは得られるデータは限られますから、τ星で減速して現地で継続的な観測を行なう探査機も建造、発進させないと確実なデータを得られない」

「噂に聞く第二世代恒星間探査機ですね。完成したのですか？」

「いやいやまだまだ、やっと建造開始の段階です。可能な限り早くτ星に到着したいのだけれども、我々が現在持っている技術は限られる。どのような探査機を作るのがもっとも合理的で的確か、様々なコンセプトを比較検討して決定するだけで一〇年かかりました」

「先ほど申し上げたように、目的地となるτ星の観測情報が届くのは来世紀になってからの話です。観測データが揃うのを待って発進させるのですか？」

「すでに揃いつつありますよ」

口許に笑みを湛えたまま、カイロン物産の社長、劉健《リユウケン》氏は答えた。

「我々の恒星間探査機、レーザーセイラーの発進が刺激になったのか、太陽系からのτ星観測体制はそのあとずいぶん充実しました。この勢いなら、レーザーセイラー到着の前に探査機を送り出すだけのデータを揃えることも可能だと予想しています」

「光速の二〇パーセントを出しても現地到着までに六〇年掛かります。次世代恒星間探査機がτ星に留まって直接観測するためには、τ星の軌道に入るために減速しなければならない。ましで、現地で満足できる観測データを得るために、次世代の探査機は薄膜一枚だった第一世代とは比べものにならないくらい巨大化するはずですよね」

「その通りです。各分野の専門家の意見を聞いて、まずは全部乗せのフルサービスで建造しています」

「そんな巨大な恒星間探査機を、どうやってτ星まで飛ばすのです?」

「軌道計画についてもだいたい完成していますよ。関係者は、ドラッグスター飛行と言ってますが」

「ドラッグスター？」

突然出て来たモータースポーツ用語を、私は口の中で注意深く繰り返した。劉健社長はクラシックスポーツカーを自家用に使うエンスージャストであり、カイロン物産傘下の企業のいくつかはレースチームのスポンサーである。

ドラッグスターは、短距離加速競走、四分の一マイルというから約四〇〇メートルを静止状態からどれだけ早く駆け抜けることができるか、というドラッグレース専用のレーシングカーだ。

「そうです。なにせ目的地は遠い、速度は出せるだけ出したい、しかし、我々が持っているエンジンは広大な宇宙空間を相手にするには目眩《めまい》がするほど非力だ。それを少しでも有効に使うため、飛行時間の全てでエンジンを全開噴射させようというのが、ドラッグスター飛行です」

「数十年も、エンジンを全開噴射させるのですか⁉」

恒星間空間を飛翔するのに、その飛行時間は数十年になるはずである。

「そうしないと、現実的な時間のうちに探査機が目的地に到着しない」

社長は窓の外を見てから視線を戻した。

「前世紀の惑星探査機、パイオニアやヴォイジャーが次の星系に辿り着くのが数万年後ですよ。数万年前には、今存続している文明のどれひとつとして発生していない。我々の気も、そこまで長くはない」

「飛行の全航程でエンジンを全開噴射させたとして、飛行速度はどこまで行けるのですか？」

　私は質問してみた。

「レーザーセイラーは、光速の二〇パーセントという高速度を達成しました。それ以上を目指すのですか？」

「目指したいところですねえ」

　社長は笑った。

「知ってますか？　真空の宇宙空間でも、高速で飛ぶと無視できないくらいには原子や粒子がいろいろ浮いているそうですよ。惑星間空間よりも恒星間空間の方が空いてはいるそうですが、それでも光速の何パーセントというような単位で計るような速度になると、抵抗が馬鹿にならないそうです」

「宇宙空間で、抵抗があるのですか？」

　社長は頷いた。

「数光年以上も完全な真空が存在するのは、泡宇宙構造の間のヴォイド空間、星雲間宇宙空間くらいしかないそうです。我々がいるのは銀河系のオリオン腕の中なので、そこまで真空にはなりません。もちろん、一立方メートルに水素原子ひとつ程度の密度だそうですが、光速の二〇パーセントつまり秒速六万キロ出せば、一平方メートルに一秒辺り六千万個の水素原子が衝突する計算になる。宇宙空間に浮いてるのは水素原子だけじゃありませんからね、他にもいろいろぶつかってくる可能性は否定できない」

「では、レーザーセイラーも？」

「あれは同一の軌道を通っていますから、先行するセイラーが先行偵察機《パス・ファインダー》と掃除機《スイーパー》の役目を負っている。事前にレーザーによる軌道掃除も行なっていますから、今までの飛行では障害は受けていません。しかし、我々が考えている第二世代探査機は、レーザーセイラーよりはるかに大きく、重くなる予定なのです。だが、いくら高出力のエンジンを搭載したところで、通常空間で物理法則に従った飛行をしている限りは光速まで無限に加速できるとはいかないようで」

「では、どれくらいの速度を目指しているのですか？」

「最終到達速度で、光速の三割は目指したいと思っています」

社長は笑顔のまま言った。

「計算上は、太陽系を発進して年単位の飛行を続ければ、何十年後かには達成できるはずです。恒星間空間がそんな飛行を許してくれるのか、我々の探査機がそんな高速度での飛行を維持できるのかどうかはまだわからない。まあ、一機目の探査機なんて実験機ですから、次に続くものがより確実な飛行を行なうためのデータさえ取れればいいんですが」

「全航程で加速を続けては、目的地を通り過ぎてしまうのでは？」

「ああ、ドラッグスター飛行では、探査機が目的地に向けて加速するのは飛行時間の三分の二だけです。残りの三分の一は、探査機を反転させて全開での減速をすることになります」

「航路の真ん中で反転するのではないのですか？」

「発射時は満タンだった推進剤を使うので、探査機全体の質量は飛行の全航程で減り続けます。同じエンジンを整備もなしにぶっ飛ばす予定ですから、推進力は長い飛行時間のうちにはじわじわ下がると予想されてますが、空になったタンクも放棄して発進時よりだいぶ軽くなり、τ星に到着する頃にはその重力に摑まって周回軌道に入れるくらいには減速する予定です」

「飛行時間はどれくらいを予定しているのですか？」

「レーザーセイラーが片道六〇年なら、できれば五〇年くらいには短縮したいところですが、大型探査機ともなると加速にも減速にも時間がかかります。仮に楽観的に最高速度を光速の四割まで上げたとしても、やはり六〇年はかかるという話です」

「観測結果がτ星から光速で戻ってきても、そこからさらに一二年」

私は、言わずもがなの数字を繰り返した。

「もし仮に明日新しい探査機が出発するとしても、観測結果が届くのは七二年後です。もう一度うかがいますが、あなたはなぜ、自分の目で完成を見ることができない計画をそんなに精力的に遂行できるのですか？」

　穏やかな微笑みを湛えた社長は、卓に置かれていたお茶をひとくち呑んだ。

「人類史上、完成までに数百年かかった計画はいくつもあります。ケルンの大聖堂、ヴァチカン宮殿、バルセロナの聖家族教会《サグラダ・ファミリア》も完成までに百年以上かかったのでしたっけ？」

「いずれも宗教建築ですね」

「そう、人の平均寿命をはるかに超えるような年月を掛けて建設されたものは、そのほとんどが宗教建築です。中国の万里の長城のような軍事建築もありますね。なぜ、昔の人たちは現在でも存続困難な計画を遂行できたのでしょう？」

　私は注意深く言葉を選んで答えようとした。

「当時は宗教や国家だけが人の寿命を超えて計画を続行する意志を存続できたということではないでしょうか？」

「なぜ、宗教が？」

　社長は重ねて問うた。私はさらに慎重に答えた。

「国家よりも、宗教の方が意志についての永続性を持ちやすいからです。国家が行なう計画はそのリーダーにより左右されますが、宗教の場合はその目的を達成するための意志を代々伝えることができます。そういうことですか？」

社長の表情を見ると、おおむね満足のいく答えを返すことができたのだろう。

「目的を達成するための意志。実を言うと、僕も最初は不思議だったのですよ。なぜ、宇宙屋という人種は自分が生きているうちに完成しないとわかっている仕事にこんなにも夢中になれるのかとね」

劉健社長は、一枚のポストカードをどこからか取りだした。

「まず、先にお金の話をしましょうか。我々は宗教団体ではないが、利潤を追求する営利団体です。つまり、それが投資以上の利益を生むとわかっていれば、投資を躊躇《ためら》う理由にはならない」

「数十年かかる恒星間探査は、あなたにとって投資であると？」

「恒星間探査だけではありません。カイロン物産では、宇宙開発そのものが有望な投資であると見ています。まあ、僕も最初はロケットやＳＦ好きだった祖父の趣味だろうと思っていたのですがね」

カイロン物産の名前が民間宇宙開発の表舞台に出てきてもう何十年にもなる。その前から航空宇宙関連産業に出資しているのは、社史を調べれば出てくる話である。

「今は、憧健《ドウケン》氏が趣味だけで宇宙開発をしていたのではないと思っている、ということですか？」

「本音を言えば結局は趣味だったのではないかと思っていますが、僕もいろいろ勉強しましたのでね」

劉健社長は、ポストカードの絵をこちらに返した。

「この写真が公開されたことが、変化の大きなきっかけになりました」

「地球、ではありませんね？」

それは、宇宙開発史上もっとも有名な画像のひとつだった。

太陽系外地球型惑星探査衛星、木星軌道上に設置された三基一組で運用される巨大な衛星が初めて得た太陽系外地球型惑星の画像。

τ星系第五惑星を捉えたというその画像は当初秘匿され、のちに公開されてその年いちばんのニュースになった。

「ブルーダイヤモンドですか？」

宇宙から地球を捉えた写真を、青い大理石《ブルーマーブル》と呼ぶことがある。人類が初めて撮影に成功した太陽系外地球型惑星は、その青さと貴重さからブルーダイヤモンドと呼ばれた。

「さよう。これは寄せ集めたデータに画像処理に希望的観測を重ねた画像で、その後の検証によって信頼性はだいぶ否定されていますが、この画像のインパクトは大きかった。宇宙関連株が、部品屋だけでなく特撮プロダクションの株まで高騰しましたからねえ」

それは、わたしにとって生まれる前の、歴史上の話だ。

「世界中が湧いたそうですね」

社長は、ブルーダイヤモンドのポストカードをこちらに向けたまま続けた。

「この星の価値は、どれくらいのものだと思いますか？」

「星の、価値？」

私は、劉健社長の表情を注意深く観察した。

「それはつまり、金額ベースで、の話ですか？」

「そうです。もしも、この星がショップのカタログに載っていたとしたら、どれほどの値札を付けるのが適当か」

「……今現在の地球上の全てと同じくらい、ですか？」

「それはどうでしょう。地球は汚染され、土地問題も所有者や歴史的問題で入り乱れている。ところが、この星はまだ汚染されておらず、所有権を主張するような原住民も、その文明も現在のところ確認されていない」

劉健社長は、ブルーダイヤモンドのポストカードを円卓に置いた。

「この星の価値は、現在の地球をはるかに上回ると、僕たちは考えています。環境汚染されていない、領土問題もない新天地には、どれだけ費用がかかったとしても行く価値がある。金で未来が買えるなら、安いものだと思いませんか？」

「それが、どんな値段であろうと、買う価値がある、と？」

「僕たちはそう考えています。ただ、残念なことにブルーダイヤモンドはショップのカタログにも載っていないし、高級デパートの棚にもない。言い値を払ったところで配達されるわけでもない。だから、自分たちで行き先を調べ、辿り着くための船を造らなければならない。それが金で買えるなら、僕たちは惜しみません」

劉健社長は、にやりと笑ってみせた。

「それに、なにより高く売れる」

「ブルーダイヤモンドが売れるのは今ではありません」

私は事前に幾度となく考えていた反論を試みた。

「最初の探検隊が乗った船が一二光年先の星に到着してから、でしょう。それは間違いなく来世紀以降の未来の話で、あなたが生きているうちにその利益を得ることはない」

「まあ、惑星開拓で得られる利益を受け取るのは僕ではないでしょうね。その時まで我が社が存続している保証もないから、我が社が潤う保証もない」

「そこまでわかっていても、これほど精力的に恒星間探査計画を進めているんですね」

自分が生きているうちに結果が出ない、利益も得られないことがわかっている宇宙計画を、なぜこの人は情熱を持って進められるのだろう。

「あなたは、宝くじは買いますか？」

突然の質問に、私は社長の顔を見直した。

「いいえ」

質問の意図を計りかねつつ、答えた。

「確率的に、宝くじは損をすることが確定しています。チャリティのくじなら買うことがありますけど」

「賢明な方針だ。だが、買わないくじは絶対に当たらない」

私は、社長の目が笑っていないのに気付いた。

「それに、このくじの当選確率は、数百万分の一とか数千万分の一しかない普通の宝くじじゃありません。注ぎ込んだ資金の分だけ技術と資産を蓄積すれば当選確率はどんどん上がっていきます。しかも、賞品は手つかずの新天地。やる価値のある仕事だと思いませんか？」

うーんと考え込んで、自分が説得されつつあることに気付いた。

「それだけじゃない。太陽系近傍の恒星系に、いくつも有望な地球型惑星が発見されているのはご存知でしょう。問題はどこに、どうやって行くかだけです」

「問題が目的地と交通手段だけって」

私は思わず社長の言葉を繰り返した。

「それが最大の問題じゃないんですか⁉」

「そうですね。光年単位の恒星間空間をどうやって渡るか。それに比べれば、到着した先の新しい地球をどう開発するかなんてのは大した問題ではありません。つまり、問題はすでに明らかになっており、それは手間も時間も費用もかかるけれども解決不可能ではない」

「解決不可能ではない、んですか？　恒星間飛行が？」

「僕はそう信じています」

社長は控えめに、しかし力強く頷いた。

「すでに僕たちはレーザー推進の恒星間探査機を送り出している。光速の何パーセントかを達成する推進システムも架空のものではない。時間はかかるでしょうが、恒星間有人飛行は決して夢ではない」

「それが、あなたが生きているうちに達成できると？」

「ええ」

劉健社長は再び頷いた。

「宇宙空間における核融合の実用化は目処《めど》が付いている。渡るべき恒星間空間のデータも揃いつつある。コールドスリープも着々と実用化されつつある。恒星間有人宇宙船を今発進させることはもちろん不可能ですが、すべての問題は解決可能であることが証明されている。それは投資する価値のある技術で、待っただけの成果は期待できる。もちろん、長生きする必要はあるでしょうけどね」

「でも、おそらくあなたも私も、ブルーダイヤモンドをこの目で見ることはない」

「見たいですか？」

不意に社長に質問され、吟味する前に口が動いていた。

「あたりまえです！　見るだけじゃなくて、行って、降りて、歩き回って現地の空気を吸ってみたい、そのためならチケットがいくらだって構いません‼」

「では、長生きしなければなりませんね」

　社長は笑顔で言った。

「あるいは、今流行の冷凍睡眠計画に入って、第一次有人探検隊の出発を待つという手もありますよ。冷凍睡眠のまま、恒星間宇宙船に積み込んでもらった方が早いかな？」

「残念ですが、施設の損壊を含む非常事態でもない限り、現在の規程では入眠後の移動はできません」

「調べたのですか？」

「前の取材で。地球が崩壊するような事態になれば宇宙船に積み込んでもらえる、というのが現地スタッフの冗談でした。まあ、実際にそんな事態になれば、カプセルの中で凍り付いてる人体の優先順位は意識不明の重体患者より下、冷凍保存されている死体より上ってところでしょうけど」

「では、そんなオプション契約を提案してみるかな」

　劉健社長は、どこまでも楽しそうだ。

「冷凍睡眠の契約者が健康体で充分な余命がある場合、系外惑星の第一期移民団への参加が可能になる。目覚める時に地球がどうなっているかわからないのが不安だというお客さん向けに、目覚めは異星で。検討する価値はありそうだ」

「コールドスリープの会社までお持ちなのですか？」

「はい」

劉健社長は悪戯がばれた子供のような表情をしている。

「宇宙産業に役に立たない技術はありませんからね、なんにでも手広く両腕を伸ばしておくのが、うちの家訓です」

「宇宙開発もその家訓の結果、ですか？」

「それはちょっと違うかな。祖父は自分の趣味だけで宇宙開発に手を出したのだと思っています」

「劉健社長も、短期的な利益を期待できない恒星間宇宙開発にこれだけの資金を投入していますよね」

「それが必要な仕事だと確信しているからです」

社長は当然だというように答えた。

「恒星間航行のための技術は、一朝一夕に手に入るものではない。核融合も反物質も、前世紀から開発が続いている技術だ。宇宙技術も前世紀から確実に進歩はしているが、まだ足りないし限界にも達していない。いつかはすべての技術が物理法則の定める限界にぶつかるかもしれませんが、それが見えるまで気を緩める気はない。それに、法則の限界に近付いたら、なんとかしてやり過ごす裏技を探してきたのが人類という種の技術文明でしょう」

「この仕事が、受け継がれていくと？」

私はさらに質問を重ねた。

「あなたがいなくなっても、この仕事が続くと確信できる根拠を、教えてください」

「そうですね……」

劉健社長は、言葉を選ぶように考え込んだ。

「まず、この仕事が過去からもう数十年、いや、人類がはじめて星空を見上げた時から数えればもう数千年以上も連綿と続いているということ。それから、我々が今している仕事も、もう何十年も前から世代交代しながら続いていること。あとは、他ならぬこの地球環境が着々と悪化しつつあり、地球外環境への生存圏拡大というお題目が絵空事ではなく期待される目標になってきた、というあたりですかねえ」

劉健社長はひといきついた。

「ちょっと考えればわかるとおり、いくら地球圏で富を溜め込んだところで地球環境が悪化すればその意味がありません。営利企業である以上、当面の活動を続けるくらいの利益を上げることはもちろん必要ですが、できることなら利益を投資する環境も維持し続けたい」

「……つまり、市場を維持するための恒星間探査だと？」

「恒星間探査だけではありません。恒星間をわたる有人宇宙船の開発、系外惑星調査、探険、そして植民、開拓、すべて利益拡大という営利企業の目的に合致する。いかがですか?」

劉健社長は営業スマイルを浮かべて言った。

「人類の生存圏を拡大するとか、未来を担保するためとか理想論を口にするよりは、説得力があるんじゃないですか?」

「宇宙のロマンとか、未来への希望なんて言われたらどうしようかと思っていましたが、完敗です」

私は両手を上げた。

「まさかこれほどすっきり納得できる答えをいただけるとは思っていませんでした。あなたは、市場を拡大するために新世界を創出するんですね」

「それが必要なら、ためらう理由はなにもないでしょう」

あっさり言った劉健社長の顔を思わず見直した。

「もし、新世界を創出することができたら、それは神の御技ですね。あなたは、神になるつもりですか?」

「とんでもない。施主になって、新しいアパートを作れればそれで充分ですよ」

社長はブルーダイヤモンドのカードに目を落とした。

「そして、また、新しいアパートの大家になれれば、言うことはない」

第六章　星間ネットワークを作ったもの
エンジニア、マリオ・フェルナンデスとの会話　メイア・シーン

「人類最初の星間ネットワークは、一九六三年に運用を開始しました。ええ、ディープスペース・ネットワーク、当時の深宇宙《ディープスペース》は太陽系内の惑星間宇宙を指すものでしたが、惑星間空間を飛ぶ探査機を二四時間運用するために、地球上の三個所のアンテナ基地が結ばれてネットワーク化されたんです」

ＬＡ郊外、パサディナのネットワーク開発研究所のホールで、子供の頃から宇宙開発に関わっていたという車椅子の老人に会った。

小柄な老人は、複輪制御のロボット車椅子に乗っていた。座面を自由自在にあやつり視線から姿勢から変化させている様子は、自分の身体より便利に見える。

「宇宙開発の開始当時は衛星を飛ばすのも一苦労で、探査機ひとつのために中継衛星をもうひとつ飛ばすような余裕はありませんでした。となれば、地上局からリモートコントロールするのがいちばん安全確実です。ところが、探査機は惑星間空間を目的地めがけてぶっ飛ん

でるっていうのに、地球は二四時間で一回転します。探査機はまっすぐ飛んでるつもりでも、こっちは地球の上にいるんで、一日の半分は空を見上げても探査機がいない反対側しか見えません。相手が地平線の近くにいるとこっちのリモコンの通りも悪くなるんで、それなりにいい角度にいてくれる時間帯は一日辺りだいたい八時間。んじゃどうすればいいかって考えると、地球上の三個所にでっかいアンテナを備えた地上局を用意すれば、地球が一回転しても途切れなくリモコン用の電波を送ることができます。ひとつは北米大陸に、残り二つはスペインとオーストラリアに置いて、カリフォルニアのジェット推進研究所《JPL》で全部コントロールしたのが、世界最初の星間ネットワークでした」

おそらく同じ説明をいくども繰り返しているのだろう。大型の立体ディスプレイを使って、車椅子の技術者、マリオ・フェルナンデスは自転する地球から遠く離れた探査機に指令《コマンド》電波を送る方法を手際よく説明してくれた。

「ご存知と思いますが、昔も今も光速は秒速三〇万キロにちょいと欠ける数字のまま不変です。ところが、目当ての探査機は惑星間空間を毎日少しずつでも飛んでいきますから、光速度によるタイムラグが発生します。電波を送る方は、そのあたりを全部考えてアンテナを向ける方向、発射するタイミングとか合わせてやらないと必要なコマンドが探査機に届きません。また、探査機はコマンドを受信したら返事するようにできてますから、それを受け取るタイミングも考える必要があります。だいたい、光速度による時間誤差《タイムラグ》を考えなきゃならないような距離まで離れたら、探査機がこっちのコマンドを受け取るタイミングの未来位置にアンテナを向ける。それからあっちの返事が届くタイミングで、今度は過去の位置にアンテナの狙いを定めるって運用が必要になります」

説明と同時に、地球から指令電波を模した光線が発射された。まっすぐ延びた直線が、惑星間空間を飛ぶ探査機を直撃し、探査機は反射するように弱い光線を地球に向けて発射する。弱い光線は、ゆっくり動く地球の未来位置を狙い、ぴったりと着弾する。

「長距離狙撃みたいですね」

私は、素直な感想を口にした。

「いや、キャッチボールか、それとも、過去位置と未来位置を全部計算して行なわなければならないパズルのような」

「パズルに近いかも知れません」

マリオは、我々の周りに立体投射されていた解説図のスケールを一気に切り換えた。地球と、太陽の周りを巡る公転軌道、それに惑星間空間とそこを飛ぶ探査機のモデルだけが映し出されていた立体画像が、一気に金星、水星、それに火星まで含む内惑星軌道図を映し出し、そこでも止まらずにどんどん表示範囲を拡大していく。

「惑星間空間に構築したリモートコントロールのためのネットワークが、恒星間空間になっても、原理は変わりません。コマンドの速度は光速のまま、ただ距離が延び、飛行時間も延びていきます。要求される最大の通信距離は一二光年、片道一二年かけて飛んでくる信号を受信し、必要とあらば一二光年離れた探査機に指令電波を送ることもあります」

「受信確認だけで往復二四年ですか」

計算上の数字だと、実感がない。

「そんなシステムが、成立するものなのですか？」

「理屈の上で作れるものであり、なおかつ必要となれば、作って使うのが我々の仕事です」

そう言った彼の顔は誇らしげだった。

「我々は百数十億年昔に発射された光を含む電磁波を地球上の電波天文台でキャッチし、解析することに成功しています。相手が自然現象ではなく人工的に作られた電波になるだけで、原理は理解しているし技術はすべて確立しています。問題があるとすれば、それが今までにない距離を隔てることでしょうか」

「今までに人類が行なった最も長い通信距離はどれほどになるのですか？」

「人間同士なら、太陽系の半径くらいですかね」

興味本意の質問に、マリオは即答してくれた。

「探査機相手なら、すでに数光年に及ぶ実用的なネットワークを運用しています。その最大通信距離は、今、こうやってお喋りしているあいだにも光速の五分の一で延びています」

「レーザーセイラーですね」

私が生まれるよりはるか前に発射された恒星間探査機は、今も目的地に向けて飛行を継続中である。直径三〇メートルほどの薄膜で作られた人類初の恒星間探査機は、月の裏側の巨大レーザー砲をランチャーとして光速の二〇パーセントまで加速して発射された。

「くじら座τ星への行程はもう半分を過ぎているはずですよね？　直接観測はまだ行なわれていないのですか？」

「その答えは、イエスでもあり、ノーでもあります」

技術者は気の早い記者に苦笑いを浮かべた。

「レーザーセイラーは数は膨大ですが、それぞれ単能のセンサーを載せて通過観測をするだけの超小型探査機です」

「直径三〇メートルの探査機が、超小型なのですか？」

「差し渡しはそれなりに大きいですが、一機あたりの重量は一グラムでしかありませんからねえ。一万機の探査機が光速の五分の一で半光年にも及ぶ列を組んで目的地に向かって飛行中と言えばかなりなスケールですが、その総重量は全部合わせても一〇キロほどにしかなりません」

「たった一〇キロだけですか」

「恒星間空間を駆けてくる電波には重量はありませんから。おかげで光速でやりとりできるわけですが」

マリオは、腕の一振りで星図を切り換えた。太陽系からτ星を望む形に投影されていた星図が、その二つを横から見る宇宙地図に変わった。

「飛行中のレーザーセイラーの状況確認のために、センサーを起動させてデータを得ています。ただまあ、最低でも星系内で観測してデータを得るようにできている探査衛星が、まだ数光年離れている星系相手に観測しても、太陽系より格段に優れた結果が得られるわけではありません」

マリオは、配置を変えた立体地図にスケールを重ねた。細かい目盛りと必要な数字がデジタル表示され、さまざまな距離の情報を映し出す。

「問題は距離です。どれだけ電波を細く、それこそレーザー並みに絞ったとしても、電波は長い空間を渡るあいだに拡散し、減衰します。拡散した分を全部キャッチできれば減衰した分は問題にならないくらいにクリアに受信再生できるんですが、レーザーセイラーの本体が一グラムとなると、発射される電波も微弱になってしまう。だから、その通信のために、気が遠くなるほど大きなアンテナが必要になるわけです」

「マンハッタンアンテナですね」

それは、Dスターができるまで人類最大の軌道上構築物だった。現在でも、質量においてはDスターが最大だが、寸法については二位以下を大きく引き離してトップの座を維持している。

計画発表当時、完成想像図を横にサイズを説明しようとした当時の解説者がマンハッタン島並みのサイズと例えたことから、恒星間通信用のネットワークアンテナは、マンハッタンアンテナとして知られている。

「そうです。マンハッタンアンテナは、巨大なノイズ発生源である太陽からできる限り離れたところに建設されました。土星軌道の外側で、現在も拡張と改良が繰り返されています。まあ、ぺらぺらの平面アンテナなんで、総重量はたいしたことありませんけど」

再びディスプレイが切り換わり、漆黒の宇宙空間に、白い、丸い平面が浮かび上がった。接近するにつれて、それが無数の六角形のパネルを組み合わせた平らな構造物であることがわかる。

「レーザーセイラーとの通信目的で建設されていますから、アンテナの向きは変わりません。ただ、表面で電子的に受信、送信方向を変更できるフェイズド・アレイ構造ですから、アンテナの向いている方向からの信号しか受信できないわけじゃありません」

さらに接近するにつれて、無数の六角構造がとんでもない大きさなのが見えてくる。最初に建造されたであろう中央部分の六角構造は若干黒く色褪せていて、外側にもいくつか色が変わっている部分がある。

「アンテナは一辺三〇〇メートルの正三角形を六つ組み合わせた、長辺六〇〇メートルの六角形の集合体で、レーザーセイラーの到着までに一二〇キロまで拡大される予定です。その面積は、今はニューヨーク市くらいに拡大しています」

マンハッタン島の面積は、六〇平方キロを切る。現在のマンハッタンアンテナはそれよりはるかに大きくなって、未だに拡張を続けている。

「このでっかいアンテナが、どこに向いているかわかりますか？」

「どこに？」

質問の意図を読み取れずに、私は解説者の顔を見直した。

「レーザーセイラーが向かう、くじら座τ星に向いているんじゃないんですか？」

「正確に言えば、違うのです」

どうやら、相手の期待する通りの答えだったらしい。マリオはにこやかに続けた。

「想像してみてください。人類史上最大の大きさと感度を持つアンテナを、一二光年先とはいえひとつの恒星に向けたら、そこから放たれる光、電磁波、ノイズまで受信してしまいます。総重量一グラムの探査機が太陽系に向けて発射し、一二光年の空間を駆けてくる大事な観測結果は簡単に紛れてしまう」

「そのためのマンハッタンアンテナではないのですか？」

「そうです。だが、アンテナが大きくなればなるほど感度も上がる。受信した莫大なデータの中から目的のわずかなデータを選り分けるよりは、最初から別ルートを考えた方がいい」

「観測結果が、レーザーセイラー以外から送られてくるということですか？」

「そういうことです」

解説者は満足げに胸をはった。

「レーザーセイラーは機能別に十種類ほどの機体に分類できます。機体が軽いので一機あたりに搭載できるセンサーが一種類しかないという、当時の技術的限界によるものですが、実は、最後の一〇〇〇機はセンサーすら保持していません」

「センサーがない？」

レーザーセイラーには搭載するセンサーによっていくつかのタイプがある。

「それはつまり、恒星間探査機ですらないレーザーセイラーがある、ということですか？」

「そうです。レーザーセイラー最後の一〇〇〇機には、探査機能はありません。しかし、もっと重要な役割があります」

「恒星間探査機に、探査そのものより重要な役割などあるのですか？」

「あります。得られたデータの中継です」

「あ……」

「最後の一〇〇〇機は、それまでの一万機とわずかに違う方向、つまりくじら座τ星にレーザーセイラーが到着するはずの未来位置よりもずれた方向に向けて発射されました。飛行径路は、太陽系から見て可能な限り背景に恒星、星雲がない空間を通るように調整されています。中継機はその後も発射されていますが、最近は性能も信頼性も上がったので発射間隔も延びています。トータルの通信時間はまっすぐにτ星から飛んでくる場合よりも遅くなりますが、これで背景ノイズに悩まされずにレーザーセイラーからの観測結果を受信できるようになります」

遠く離れたτ星方向に飛ぶレーザーセイラーから伸びた光線が、発射直後は太陽系とは違う方向に飛び出す。そして、中継用のレーザーセイラーから太陽系に向けて発射され、マンハッタンアンテナでキャッチされる。

「現在までのところ、中継セイラーを介したネットワークは有効に動いています。計算上は、中継一回で充分に解析可能な信号を受信できるはずなのですが、現実の宇宙空間相手には念には念を入れるに越したことはありません。レーザーセイラーの到着までにあと二回、中継用セイラーの射ち出し予定があります。これで、τ星系通過時にも充分な観測データを受信できるはずです」

マリオは、太陽系の外れに浮かぶマンハッタンアンテナに画面を切り換えた。

「マンハッタンアンテナの役割は、恒星間ネットワークの基幹アンテナだけではありません。アンテナ全体を巨大な電波望遠鏡として稼動させることができます。図体がでかすぎるんで向きは変えられないのと、アンテナの製造年代つまり場所によってセンサーの性能がばらつくのが問題なんですが、向きに関してはフェイズド・アレイで九〇度くらいは受信方向を変えられますし、性能ばらつきに関しては一辺三〇〇メートルのアンテナを世代別に分散して配置、得られたデータを補正することで対処しています。観測技術も年々更新されていますから、このアンテナが太陽系外惑星を直接観測して、大気と惑星表面の成分、温度分布などのデータを得ていることはご存知の通りです」

「知っています。興奮しました」

私はそのデータを見たときの驚きを思い出していた。

「太陽系にいながらにしてあれほどのデータが得られるなら、恒星間探査機など不要ではないかと言われていましたね」

「ああ、あれは事情を知らない素人の感想です。遠くから眺めるだけのデータは、実際に探査機を送って得られるデータの十万分の一くらいにしかなりません。珍しい鳥を遠くから双眼鏡で観察するのと、実際に飼って面倒をみるくらいの違いがあります」

「そんなに違いますか」

「違いますね。だから、レーザーセイラーが目的地にも届かないうちに、次の探査機の準備が進んでいるわけです」

「次の探査機」

私はマリオの言葉を繰り返した。

「軌道上で建造されている、レッドコメットのことですか？」

それは、太陽系で建造された中でも最大の発進質量を持つことになるはずの巨大宇宙船だった。目的地は一一・九光年先のτ星。巨大だが、その質量の大半は推進剤であり、人は乗らない。

目標とするのはτ星系のハビタブルゾーンにある地球型惑星だけではない。τ星とその星系のすべての惑星、準惑星、小惑星、宇宙塵に関する探査を行なうために、各惑星向けの探査機と、着陸機、飛行可能な着陸子機も装備している。

レーザーセイラーの光速の二〇パーセントにも及ぶ速度は、τ星からの放射により多少は減速できると期待されてはいるが、τ星系の重力範囲に留まれるほどのブレーキはかけられない。だから、レーザーセイラーが行なえるのは一回限りの接近による通過観測だけである。

現地に到着し、さらなる観測、探査を行なう探査機の計画は、レーザーセイラーとほぼ同時に開始された。たび重なる遅延や変更を乗り越え、やっと次世代の恒星間探査機がその形を現しつつある。

「そうです」

マリオは、立体表示の星間地図の彼方で光るτ星に目をやった。

「恒星間探査機がτ星に届けば、もっと確実なデータが手に入るでしょう」

老人の横顔を見て、私は彼がそれを自分の目で確認できるだろうかと考えた。

第七章　第一世代恒星間探査船の建造

メイア・シーンによるシュミット教授の話

空気成分も光も完全に管理されたDスターから地球に降りてきていちばん驚いたのは、環境の激変である。

最初にフロリダの宇宙港に降りて、空調が効いたターミナルビルから屋上の展望フロアに出たとき、まだ子供だった私は悲鳴を上げて屋内に逃げ帰った。あまりの空気の熱さと体験したこともない湿気に、てっきり環境維持システムが故障していると思ったのである。

Dスターは、そこに住むものよりも来るもののために、常に快適な温度と湿度を維持されている。地球環境は、寒いところでは零下数十度、暑いところならプラス数十度という温度の幅があり、湿度に関しても〇から一〇〇パーセントまで変わる。

「温度壊れてるの⁉」

私を無理矢理外に連れ出そうとする両親に食ってかかったのを覚えている。

「こんな環境で人間が生きていけるわけないじゃない‼」

初めての地球旅行で、私は地球環境には人類の生存に適していないと思うレベルで激しい変化があることを自分の身体で思い知った。人類が火を使うようになる前は暖房すら存在せず、冷房は実用化されてまだ二世紀も経っていない。なのに、これほど生存に適さない環境で、人類がなぜ生存し、文明を存続できたのか。それは、死にそうに熱い地球上を平気な顔で歩く両親を見て思った疑問でもある。

そして、人はたいていの状況には慣れる。

初めてのフロリダの地は、屋外は焦げそうなくらい熱かったが、一歩屋内に入れば涼しい空気が人類本来の生存環境を保証してくれていた。リゾートビーチの浜辺は熱かったが、初めて触れた海の水は柔らかくさわやかだった。

地球に住むようになって、振れ幅が大きすぎる気温にも湿度にもだいぶ慣れた。少なくとも、屋外に出たときに存在しない空調設備に文句を言わないようにはなった。

しかし、今年のテキサスは観測史上三位という猛暑に見舞われていた。ヒューストンのオフィスビルに到着した自動タクシーから一歩降りると、殺意すら感じる陽光に射され、粘度すら感じる高湿度の大気にまとわりつかれた。この地での滞在予定の残り日数を計算して目眩に襲われたのは覚えている。

恒星間探査機の初代主任設計技師であり、現在もオブザーバーとして計画に関わる宇宙機の権威、アドラー・シュミット教授は、私用に使っているというオフィスビルの専用室で私を迎えてくれた。

濃いガラスで紫外線も赤外線もカットする最新型のオフィスビルに一歩足を踏み入れると、その中は別世界のように冷えたさわやかな空気で満たされていた。これなら生きていける、と、私はほっと息を吐いた。

シュミット教授のオフィスのガラス窓越しに見る青い海は穏やかで平和で、外の厳しい環境を忘れるほどきれいだった。

挨拶のあと、私は第一世代恒星間探査機のもっとも古いスタッフの一人であるシュミット教授へのインタビューを開始した。

「レーザーセイラーの発射前から、その次の恒星間探査機をどうするか、という問題はずっと議論されていました」

豊かな白い髭を長く伸ばした教授は、ねじ曲がった杖が似合う魔法使いのようにゆったりと語り出した。

「観測結果の到着を待ってから次の探査機を送り出したのでは、時間がかかりすぎてしまう。そして、一一・九光年離れたτ星系でも、観測技術の発達とレーザーセイラーの接近により、星系とそこにある惑星の姿はある程度見えてくるはず。であれば、次の探査機のコンセプトに関する議論を始めておく必要があるだろうと、それが最初の会議の参加者の総意でしたね。もちろん、当時でも時期尚早とする意見はありましたが、そもそもそう考える人はコンセプトの検討には参加してこなかった」

私が生まれる以前に行なわれた検討会議の議事録は、データベースの奥深くから発見された。教授は、ディスプレイに映し出された要目をなつかしそうな目で眺めた。

「可能であれば翌日にでも恒星間探査機を射ち出すべき、という過激派もいましたが、まずはコンセプトです。レーザーセイラーは、探査機一機あたりの重量を極限まで軽量化し、レーザーで射ち出すことで光速の二割の到達速度を得ました。そうやって発射された薄膜が探査機としての性能と通信を保ったまま数十年かけて恒星間空間を渡って目的を果たすことができるのか、当時はまだ実証されていませんでした」

教授は、天井の高いオフィスの壁にタペストリーのように掛けられたレーザーセイラーの模型を指した。

「あれは実物の一〇分の一のレーザーセイラーの模型です。探査機としては安価で、短時間に大量に発射することができますが、現地に留まって観測することはできません。可能なのは、対象に対する一回限りの通過観測だけ。次も通過観測でいいのか、それとも現地に留まって長期観測が可能な探査機にするのか。この件に関しては、かなり早い段階で結論が出ました。より詳細な観測をするために、τ星系に留まれる恒星間探査機が望ましい。それも、可能であればτ星系のすべての惑星に観測衛星を配置し、期待が持てるものに関しては着陸機や飛行観測機を降ろせるようなものがいい。そうすると、次は、恒星間探査機をどうやって飛ばせば、現実的な時間で太陽系からτ星まで行けるか、という話になります」

このあたりの経緯は解説書で読んでいたが、実際にその場にいた人の口から語られると、歴史的事実を過去の現実として認識できる。

「レーザーセイラーが安価に済んだのは、τ星系に留まるための減速をすっぱり諦めたからです。しかし、レーザーセイラーと同程度、あまり変わらないくらいの時間で恒星間空間をわたり、到着したτ星系で周回軌道に入るためには、加速と減速を合わせて光速の半分くらいの増速量が必要になる」

「増速量、ですか?」

私は、耳慣れない言葉を確認した。

「宇宙機の性能を示す指標の一つです。太陽系内でも銀河系宇宙でも、出発地から発進した宇宙船は加速し、そして到着地に合わせて減速しなければならない。加速はレーザーでも推進剤の噴射でもなんでもいいんですが、とにかくそれだけの反動が必要になります。減速も、エアロブレーキングとかスウィング・バイとかいろいろ推進剤を使わない手もありますが、それで減らせる速度は太陽系内ならともかく恒星間空間ではあまり現実的ではない」

「太陽系内なら、まだなんとかなるんですか?」

「太陽系内なら、最高速度が秒速十数キロまでで実用に足るだけの飛行ができますから。それでも、惑星の重力や太陽風を推進補助に使う飛行は、動力飛行の場合の一〇倍くらいの時間が必要になります。なんだかんだ言っても、自分で火を噴いて飛ぶ宇宙船がいちばん早くて確実ですし、生身の人間を乗せて飛ぶなら現実的な時間内に到着しなければなりません」

教授は、テーブルの上の書類の山の上に乗っていた古いスペースシャトルの小さな模型をとって、その機首をこちらに向けて飛ぶように手を動かした。

「稼いだ速度は、現地到着前に逆噴射してブレーキングしないと、目的地を通り過ぎてしまう。そのためには、わざわざ逆噴射するよりもメインエンジンを目的地に向けて噴射するのが普通です」

スペースシャトルを手の中でくるりと回した教授は、大小合わせて五つものロケットノズルが並ぶシャトルの尾部をこちらに向けた。後ろ向きに飛ばして、ゆっくり手を止める。

「恒星間飛行でも、やらなければならないことは同じです。問題は、探査機の重量がレーザーセイラーとは比べものにならないほど大きいこと、そのため加速にも減速にも時間がかかること、にもかかわらず期待される最高速度は最低でもレーザーセイラーと同等、できればそれ以上であること。そして、減速のための推進剤も自分で持っていく必要があること」

「レーザーセイラーのようないい方法はないのですか？」

「そんな方法も議論の対象になりました。月の裏側のレーザーキャノンを使えば、恒星間探査機に莫大なエネルギーを与えることができます。だが、それも実用的なのは火星軌道を越えるあたりまでで、それ以上はレーザーといえども拡散して実用密度が低くなります。また、想定される恒星間探査機の重量は楽観的に見積もっても巨大なので、レーザーブーストで稼げる速度は目標からすれば微々たるものになります」

「現在想定されている宇宙船の重量は、どれくらいになるのですか？」

「発進時の総質量で百万トン。うち九割が推進剤で、現地に届く荷物は一〇〇トンです」

「一〇〇トン」

教授が口にした数字は、太陽系を飛び交う宇宙船でも大型船とは言えない質量である。とても、一一・九光年先の補給もできない場所の調査のために送り届けるには、安心できるような量には思えなかった。

「発進時の、〇・〇一パーセントしか目的地に届かないのですか？」

「到着時にも主動力の核動力と推進システムは温存され、到着後の動力供給に使われる予定ですから、発進時の船体構造の二割くらいは現地に届く予定です。しかし、それに搭載して送り届けられる貨物、この場合はτ星系向けの探査機と保守点検整備開発組み立て分解用の3Dプリンターや大小のロボットと到着後に使う予定の資材も含みますが、その総重量が一〇〇トンということです。全ての飛行が順調に行なわれ、τ星系に到着した恒星間探査機は、空になった推進剤タンクを最後のひとつだけ残して全て切り離していて、三〇〇トンくらいの質量になっているはずです」

「百万トンのうちの、三〇〇トンしか目的地に到着しないのですか」

「最初の一隻ですから」

教授はスペースシャトルの模型を書類の上に戻した。

「月への最初の有人飛行を成功させたアポロ計画のロケットも、打ち上げ時の総重量は三〇〇〇トン、液体酸素とケロシンと水素をあっというまに使い切って、地球に帰ってくるのは司令船の六トン足らずでした。発射時の重量の〇・二パーセントしか戻ってこなかったかつての偉大な計画に比べれば、〇・〇三パーセントを目的地に届けるこの探査機は、過ぎた時間の分だけ退化しているのかもしれません」

笑うところなのだろう。

「それでも、アポロ計画とくらべて目的地に届く重量は五〇〇倍以上ですね。この調子で進化していってほしいものです」

「この業界にいると、それは切実に希望するところです」

教授は大まじめな顔で頷いた。

「さて、発進時の総重量百万トン、現地に到着する観測機器の重量が一〇〇トンという数字は、三〇年後と予定された計画時に期待も込めて設定された数値です。確定していた数値は、探査機の最高到達速度がレーザーセイラー同様の二割を目指すこと、可能であればそれを超えることとくらいで、一〇〇トンの観測機器を一一・九光年離れた目的地に届けることができれば、例えば百万トンの発進重量を達成する必要はありません。そうすると、次は各部の詳細設計とその検討が開始されます。可能な限り早く、実用に足る重量の観測機器を目的地に送り届けるとなると、取りうる手段は限られます。例えば、推進機関は、現在我々が持っているものか、三〇年後に確実に実用段階に達し、その後最低半世紀の運用期間を任せられるだけの信頼性を持つものに限られます。いつか宇宙人が持ってきてくれるか、ある日突然太陽系のどこかで発明される超光速機関や重力制御技術を待つという手もありますが、これは期待を外れた場合の損失が大きい」

「それは、そうでしょう」

私は笑いを返した。この手の根拠のない希望は、業界の取材をしていると一週間に一度は聞くことができる。

「そうすると、人類の手にある技術、核動力か、恒星間探査機の完成、発進までには実用化が期待できる核融合エンジンで目的地までぶっ飛ばす、ってのが現実的な解になります。それでも、航行にかかる年月は六〇年。無人の予定なんで、人間用の安全装備を削れるくらいしかメリットがありません」

「無人、なのですか」

わかっていたつもりだが、計画や意義をもっとも理解しているはずの関係者に断言されるといささかがっかりせざるを得ない。

「もちろん、有人にしようという話もありましたよ」

こちらの期待を理解しているように、教授は言った。

「長い航行期間は冷凍睡眠にして、現地で目覚めれば、目の前に未踏破の新天地が拡がっているというのは夢のような環境でしょう。ただし、帰ってこられる保証も、現地で天寿を全うできる保証もない。それでも構わないという志願者はたくさんいますが、現地に研究者を送り込むという案は効率が悪いということで廃案になりました」

「有人探査の効率が悪いのですか？　無人探査の効率はそれほど上がっているのですか？」

「有人探査の場合は、現地で長期滞在するための設備と、それからτ星系から太陽系まで帰ってくるだけの装備も必要になります。現在の観測結果でもτ星系で推進剤を調達できる見込みはありますが、核燃料に関しては確定的ではない。τ星系で推進剤を精製するためのプラントを建設することはできるし、また核物質を探査、採掘して濃縮するのも可能でしょうが、それは無人でできる仕事です。現地で行なうべき作業を考えた場合、その量は膨大で、自動化した方が効率がいい。考えてもみてください。現時点でさえ七つの惑星が確認されているτ星系のすべての惑星に観測衛星を送り、着陸機を送り込むのは地球型惑星に絞るにしても、その管理運航は現在の太陽系観測に匹敵する規模になるのですよ」

「だったらなおさら、有人探査の方が観測をより有利に進められるのではありませんか？」

「十数人くらいの規模でできる仕事は、機器の整備補給修理くらいです。数千人規模の探査隊を送り込めば、やっと現地で研究を行なうことができるでしょうが、ご存知の通り、有人宇宙船はひとり乗組員を増やすごとに必要な質量、設備がどんどん増えていく。観測、分析、結果送信だけならば、無人機任せでも問題はありません。無人探査機なら、有人探査に必要な生命維持システムその他を省いて観測に必要な資材を積み込むことができる。なにより、最悪の事態が起きた場合でも、人的資源の損失を最小限に抑えることができる。人的資源さえあれば、次の探査機を送れる。観測データが揃う頃には、τ星の開発計画も固まるだろうし、もっと効率のいい強力なエンジンもできるでしょう。これは、レーザーセイラーに続く探査機の第二陣であり、このあとも長く続くはずの仕事の始まりです。だから、先の先のことまで考えて、安全で確実に観測結果を得られる方法を選択しなければなりません」

「無人の方が、確実な結果を得られる、と？」

「そうです。人間はあらゆる事態に対処できるかもしれませんが、同時に、なにかの原因で任務を果たせなくなる可能性も孕《はら》んでいます。万が一、飛行の途中で人的資源が失われることを考えれば、探査機は無人でも任務ができるように高度な自動化を達成する必要がある。だったら、最初から無人の方が安全確実、なにより安い」

「それは、そうでしょうね」

宇宙空間で生命を生かし続けるのには手間がかかる。手間とはつまり装備であり、資源であり、エネルギーであり、コストである。

地球上の生物としても大きい方である人間を宇宙空間で生かし続けるには、人間の体重の何千倍もの設備が必要になる。それだけで宇宙船に必要な質量が跳ね上がるし、それを恒星間航行速度まで加速するための推進剤の量はさらにその数百倍になる。

「この恒星間探査船は、航行期間中の全てをエンジン全開でぶっ飛ばします。無人なら、安全設備も最低限にして、それだけ探査船の質量を節約できる」

「ドラッグスターのように?」

私は、その言葉を劉健社長から聞いたのを思い出した。

「その言葉をご存知とは頼もしい。そうです。加速を競うためだけに作られた競技車輛のように、恒星間探査機はその全行程でエンジンを全開で運転し、推進剤を噴射し続けます。推進剤の加速器は長い飛行時間中に劣化しますし、核エネルギーも徐々に低下しますが、空になった推進剤タンクは順次切り離して本体の軽量化の足しにします。想定される飛行時間は六〇年、最初の四〇年は加速を続け、最後の二〇年は現地に留まるための減速を続ける予定です」

「だから、百万トン近い推進剤が必要になるのですね?」

「そうです。それに、この恒星間探査機は最初の一機でも最後の一機でもありません。現在の計画では、一隻目を発進させてからすぐに二隻目の建造が開始され、一隻目の運航結果をくわえて改良される予定です。最初の四隻はτ星に向けて発進予定ですが、その次からは別の目標に向かう予定です。推進機関の開発はその間も進むでしょうし、ここからの太陽系外星系、系外惑星に対する観測技術も発達するでしょう。我々は、有人探査は未知の星系に対して行なうのではなく、集められる限りの確実な情報を集めて未踏の大地が既知の星になってからでも遅くはないと考えています」

「それはどれほど先のことになるでしょうか？」

「半世紀か、一世紀か。あと数十年でレーザーセイラーがτ星に行う最初の通過観測の結果が太陽系に届きます。それで、我々の基礎知識も教科書も大きく書き換えられるでしょう。その結果を、先行している無人探査機にフィードバックして、さらに詳細かつ効率的な探査計画を組むことができます。その観測結果が地球に戻ってくるのがその数十年後。長い年月ではありますが、待つ価値のあるデータですよ」

柔和な笑みを浮かべる教授の目を見て、私は気付いた。この人も、自分がそのデータを見られるかどうかに対して疑問を抱いていない。

「今までの太陽系探査は、地球を出発点としていました。今回のτ星系の探査は、最初のレーザーセイラーもその次の恒星間探査機も、星系のはるか彼方から接近するのが大きな違いです。そのため、探査機は星系外縁部のオールト雲から順に観測を行なうことになります。τ星系のすべての惑星に対して観測を行なう予定ですが、その中でもハビタブルゾーンにある地球型惑星に対しては特に念入りに行いたい。そのため、τ星系に侵入した観測機はまずはτ星のハビタブルゾーンを周回する惑星軌道を目指します。外惑星、内惑星に対する観測子機の発射はまんべんなく行なうとして、現在まだ確認されていないτ星系の鉱物、エネルギー資源としての小惑星探査も行います。また、有望なものに対しては資源採掘、精製のためのプラント衛星も発射する予定です」

「それは、将来、恒星間植民が行なわれる時に備えてですか?」

「いえ、τ星系に到着した探査機の補給が目的です」

わたしは思わず教授の顔を見直した。

「無人探査機に、τ星系で補給を行うのですか?」

「そうです」

教授は当たり前のように微笑んだ。

「太陽系から持って行ける探査機も資材も限られます。探査機には3Dプリンターと大小のロボットを搭載し、航行中にも改良型の探査機や補修用の部品を作る予定ですが、せっかく大金と貴重な時間をかけて送り出す探査機だ。動く限りは動いて役目を果たしてほしい。太陽系がそうであるように、τ星系にも原始惑星系の生成時から取り残された小惑星が大量に存在し、その中には水資源や有用な鉱物資源、核物質も存在すると期待されています。観測結果が出れば、現在ほぼ無人で行なっている太陽系の惑星間空間と同じ作業がτ星系でできないとする理由はありません」

「探査機の寿命はどれくらいと考えているのですか?」

「主動力である原子炉は一〇〇年使えます。だから、太陽系発進後六〇年でτ星系に到着した探査機が観測、調査活動を開始して、最低四〇年は動けるでしょう。現地での補給に成功すれば寿命はさらに延びますし、太陽電池パネルの原材料となるシリコンをはじめとする鉱物資源を調達、精製できれば、さらに長い時間の活動も期待できます。τ星系のハビタブルゾーンにある惑星の大気成分も現地に到着すれば確実なデータが得られ、それに適した着陸機や飛行観測機を製造、発進させることができるでしょう。そして、一号機の到着後に二号機、三号機が到着すれば、さらに観測調査体制を充実させることができる」

「無人探査機が現地で補給を続けながら観測、調査を続けるんですね」

「そうです」

教授は言った。

「我々はそれが可能であり、達成すべき仕事であると信じています」

「そのためには探査機は完全に自律型である必要がありますね」

「当然です。なにか問題にぶち当たった時に、一二光年も離れた太陽系まで連絡をとってぼんやり返事を待たせるようなことはしません。つまり、観測機は外部からの助けなしに観測機本体だけで故障に対処し、本体も観測機器も通信機も改良し、τ星系のすべての天体を観測し、その組成を調査し、得たデータを太陽系に向けて送信することを求められます」

「自律機械が自分で故障判断して修理するところまでは想像ができますが、修理部品の材料を自分で調達するとか、ましてや自分を改良するなんて可能なんですか?」

「材料調達も、観測、調査活動の一環です。その結果に従って材料を精製、製造する工程は小惑星上の無人プラントでいくらでも稼動している例があります。改良については、あらかじめ用意されている設計図を地球で改良された新型に書き換えることを考えています。探査機搭載の人工知能が自分で考えてくれればそりゃ楽ですが、残念ながら我々の技術はまだそこまでに至っていません」

「宇宙の果てで見たこともないような巨大ロボットに進化するわけではないのですね」

「それができれば我々の仕事もずいぶん楽になると思いますが」

そう言った教授は笑っていなかった。

「探査機が持っていく3Dプリンターを初めとする工作機器とロボットシステムは、もっとも高精度で細かい作業ができるものを用意しますが、おそらく原材料の精製と加工という段階で地球から持っていくものよりいいものを現地で作ることは期待できません。それならそれで、それなりの観測結果が得られる機器を作ってやれば、結果が出せると信じています」

「探査基地をまるごと送り込むようなことになりそうですね」

「それこそ、まさに我々が目指しているミッションです」

教授は嬉しそうに顔をほころばせた。

「なにせ、どれだけ楽観的に見積もっても最初の観測データが返ってくるのが七〇年以上先の話で、しかも探査機が出発したあとはこちらからの物資的な補給は不可能になります。ネットワークが保たれていれば、探査機機のプログラムを更新することも、日ごとに目的地に近付く探査機の観測データや恒星間空間の貴重なデータを受け取ることもできるでしょうが、これだけ長い期間をかける計画だと、そのあいだ探査機を運用する機関がまともに働き続けている保証もない」

「それは、信じているのではないのですか？」

私は教授をじっと見つめた。

「自分の世代だけではなく、次世代がこの仕事を受け継いでくれると、あなたは信じているのかとばかり」

「信じていますよ」

教授は腕をくんで、天井を見上げた。

「だが、それが完璧に運用されると期待して、非常事態が起きたときのための代用計画《プランB》を考えないほど我々は楽観主義者でもない。これから先、物理法則を書き換えるような画期的なブレイクスルーでもない限り、発進した探査機は一隻で目的を達成しなければならない。だとすれば、我々にできることは、長期にわたる飛行がどうなろうと、目的地がどうなっていようと、こちらがどんな事態に陥っても目的を達成できるよう準備を整えることでしょう」

「こちらが陥る事態としては、どんなものを想定されていますか？」

「端的に言えば、恒星間探査機の飛行中に、太陽系からのコントロールが失われる事態を想定しています」

博士の答えは簡潔だった。

「だから、探査機は太陽系からのコントロールなしに発進し、加減速し、目的地に到着し、観測で得たデータを太陽系に送るようにします。またデータをすべて送信し終えたら、最初からデータを送り直すようなセッティングも用意されています」

私は、博士が言う事態をいくつか考えてみた。運用のための予算が打ち切られるような人為的な事態から、太陽活動の予想外の活発化や地球環境の悪化など、想定できる事態はいくらでもある。

「最初の観測データを受け取れればそれでよし、もし探査機が現地で補給に失敗しても、データを再送信するくらいの出力は維持できるはずですから、受信のチャンスは百年近くあるはずです」

「探査機が博士の期待するとおり現地でのエネルギーや資材の補給に成功したら、どうなりますか？」

「その場合は、探査機は新しいデータを送り続けることになるでしょう。心配ありません、探査機には現時点で充分な通信容量の大型アンテナを装備する予定ですが、現地で得られる資材に余裕があれば、新たな通信施設をτ星系に建設する予定もあります。期待通りであれば、τ星系に到着した探査機は、外縁部のオールト雲から観測のための子機の発進を開始し、すべての惑星に観測衛星を設置、ハビタブルゾーンにある地球型惑星に関しては複数の着陸機を発進させ、着陸機からは探査子機が放出される予定です。着陸機にも子機にも、周辺環境の観測だけでなく、成分分析できる機構も用意します。こちらの期待通り、ハビタブルゾーンの地球型惑星に地球と同様の密度で生命が溢れていれば、その成分から有機アミノ酸、生体組織の細胞の構造からDNA組成まで分析できる予定です。もし、τ星の地球型惑星に住む生物が、地球と同様のDNAやRNA構造を持っていれば、ですが」

「DNAやRNAのない生命が繁栄している可能性があるんですか？」

私の質問に、教授は意味ありげな笑顔のまま首を振った。

「わかりません。我々は、目の前にある地球の生命の、それも一部分しか知りません。地球上の生命は地球環境にある限りきわめて合理的で生存に適した構造を持っていますが、それが他の惑星上でも同様なのか、多細胞生物や脊椎生物が宇宙的に普遍な存在なのか、重力加速度や太陽光、大気成分が地球と違う環境で生物がどんな進化の過程を辿るのか、残念ながら現在の我々は知りません。だが、我々は正解を知らないということを知っている。だから、ありとあらゆる結果を予測して調査するための手段を用意することができます」

教授は、手に取ったタブレットに指を滑らせた。

「現在解っているτ星のハビタブルゾーンにある地球型惑星の環境をシミュレーションして、

どんな生命体が発生し、発達する可能性があるかという研究をしている友人がいます。宇宙生物学の専門家で、今の専門の名前は宇宙環境生物学だった、かな?」

こちらが一方的に個人講義してもらったようなものだが、インタビューは午後中いっぱいかかった。リストにしてきた質問のほとんどに答えてもらったのを確認してから、わたしは最後に訊いてみた。

「まだ建造中の恒星間探査機が、レッドコメットと呼ばれているのはなにか由来があるのですか?」

「ああ、その名前は」

教授は懐かしそうに目を細めた。

「まだ検討段階から、その名前を強硬に主張した一派がいたのですよ。なんでも、通常の三倍速くなるという魔法の言葉だとか」

第八章　宇宙環境研究所、スーザン博士との会話　メイア・シーン

その研究所は、ロサンゼルス、パサディナの山に貼り付くように拡がっていた。歩いて行けるほど近くに、カリフォルニア工科大学から独立したあの有名なジェット推進研究所がある。その下請けとして長年稼動していた工場が店仕舞いしたあとしばらく放っておかれた土地と建物からいつのまにかFOR SALEの看板が消えて、改修工事が始まってから、宇宙環境研究所は設立された。

宇宙環境研究所。小高い山に登る車道の両側に置かれた砂岩が実はゲートで、その上に載せられた屑鉄に見えるがらくたは実はゲートガード代わりのかつての探査機の予備機である。ジェット推進研究所出身者が中核となって設立された研究所らしく、現在もカリフォルニア工科大学の学生を含めた人材の交流が盛んである。

宇宙環境研究所のスポンサーは、米国企業に限らない。大手の航空宇宙企業や軍事企業のみならず、海外の軍や研究機構との共同研究も多いという。

電子技術と仮想現実に関しては世界トップレベル。航空宇宙技術の海外流出に対しては特

に神経質なこの国で、この研究所だけがなぜ異例と思えるほどの国際共同研究を続けられるのか。

「身も蓋もない答えですが、我々の研究が軍事的には役に立たないから、ですよ」

宇宙環境研究所設立当時からの古株だという学者、スーザン・フェルナンデス博士は、自動運転の無人タクシーが乗り付けたヴィジターセンターまで私を出迎えてくれた。

「我々がジェット推進研究所から出た理由とも重なるのですが、我々の研究は想定しうる惑星環境を可能な限り厳密に設定し、そこで生命が生き延びる方策を探ることです。どこからどんなスピンアウトが出てくるかわからないし、その使い方次第で役に立つことも金になることもありますが、我々の研究は直接には地球の安全保障には関わらない。その一点で、技術流出に神経質な軍や諜報機関もお目こぼししてくれるわけです」

あの伝説的な系外地球型惑星、プルー・プラネットの写真公開の関係者だったからにはもうかなりの年齢のはずだが、小柄で表情豊かな女性科学者は年齢不詳というのがいちばんふさわしく見えた。

「役に立たない、研究ですか？」

「そう。少なくとも現在の地球の安全保障には役に立たない。気象学には多大な貢献をしていますが、それも国家間の力関係による安全保障とはあまり関係ない。そんな研究がなんの役に立つのだと言われて、発表できるスピンアウトのリストがあるからなんとか保《も》っているだけです。積み上げられた利益の数字には、誰も反論できませんから」

ヴィジターセンターのガラス張りの大きなドアは、ショッピングセンターのように大きく開いた。重層設置された監視カメラやセンサーなどで個人判別しているらしい。国家機関を取材するときのように、すでに私の瞳孔のデータも採取済みなのだろうか。

ヴィジターセンターのメインホールには、見上げるように巨大な球体が飾られていた。

「地球シミュレーターです」

青い海洋に白い雲が貼り付いた巨大な球体を見上げて、スーザン博士は説明してくれた。

「現在の地球の状況をリアルタイムで再現しています。だから、反対側は夜。もうすぐ日付変更線が朝になりますね」

「シミュレーターということは」

私は、軌道上から見たのとそっくりな地球を見上げた。どの角度からでも見られるように、巨大な球体の周囲にはキャットウォークが巡らされている。

「現在の観測結果の表示ではないのですか?」

「だいたいはそうなんですが、ちょっと違います」

スーザン博士は言った。

「これは、コンピューターの中でシミュレーションされている現在の地球です。その結果は現実の観測データと照らし合わされ、シミュレーションとの間に齟齬《そご》があればその都度原因を究明して同じ結果が出るように修正する」

「現実の地球を、シミュレートしている、ということですか？」

「だいたいそんなものです。地殻より下のプレートテクトニクスやマントル対流なんかの状況はまだ推測しなければならない部分が多いのでかなりいい加減ですが、太陽運動は正確に再現できていて、気候や海進に関してはだいぶ正確なシミュレーションができるようになりました」

スーザン博士は、コントロール・パネルを叩いた。青い地球が、赤い星に切り換えられた。

「これが現在の火星」

上下の極冠に白い氷床を貼り付けた火星の表面には、幾筋かの薄い雲と濃い砂嵐が見て取れる。

「そして、こちらは現在の金星です」

巨大な球状モニターは、金色の複雑に流動する凶々《まがまが》しい紋様を貼り付けた眩《まぶ》しく光る雲の星に切り換えられた。

「すべて、シミュレーターによる画像ですか？」

「そうです」

博士は、映し出される画像を地球に切り換えた。

「現在手に入る限りのすべてのデータを使い、最新の観測結果と比較して修正しながら最新の状況を映し出しています。理論通りのシミュレーターが観測結果と違っていれば、それは星に対する我々の理解が間違っているということになります」

「惑星上の全てをシミュレーションしているのですか？」

「惑星だけではありません。実際のスケールだとこのホール内に表示しきれないんですが、例えば地球のシミュレーションには太陽系が含まれます。でないと、日照だけでなく月による潮汐力による干潮が再現できませんから」

月の重力の影響で、地球の海は一日に二回、その範囲を微妙に変化させる。最初にその話を聞いたとき、とてつもなく大きな地球の表面の七割を占める海洋がその高さを変えるという現象が直感的に理解できずに苦労した。

地球人は、最初っから海は満ち引きするものだと知っているらしい。

「現在シミュレーションの対象となっている金星から天王星までの惑星は、太陽そのもののシミュレーションと軌道運動も重ねてシミュレーションしています。太陽系シミュレーターが、現在の姿ですね」

スーザン博士は、さらにパネルを操作した。

「長年のシミュレーションと蓄積の結果、太陽系シミュレーターはかなりの信用度を得ています。地球に関しては有史以来の観測データがありますから、こんなこともできます」

青い地球が、両極から白く凍り付いた。

「氷河期時代の地球、ですか？」

「そう、スノーボールアースと呼ばれる時代の地球です。時代を遡れば、恐竜を絶滅させたチクシュルーブ隕石の衝突も、月誕生のきっかけになったジャイアント・インパクトも再現できますよ。もっとも、ジャイアント・インパクトについては迫力はともかく学術的正確性については まだ議論が続いていますが」

博士は、地球を現代の青い姿に戻した。

「ご覧頂いたように、地球に関してはほぼ満足できるシミュレーションができるようになりました。金星、火星に関しても現在の状況のシミュレーターとしてはかなり信用できるものになっています。これらの実績をベースとして作ったのが、これになります」

たん、とスーザン博士はコントロール・パネルを叩いた。巨大な地球を映し出していた大型立体ディスプレイが、真ん中に光り輝く星と広大な円盤を従えた天体を映し出した。

「これは……」

私は、それを見たことがあった。宇宙博物館で見たそれは、目の前のディスプレイに映し出されているものよりはるかに簡素で単純化されていたが、間違いない。

「原始惑星系ですか？」

「そうです」

パネルを操作するスーザン博士に、私は重ねて質問した。

「この、太陽系の？」

博士は、生徒によくできましたと言うような笑顔で頷いた。

「そうです」

「この太陽系の原始惑星系から現在までの、星系シミュレーターです。初期パラメーターと経過条件によって結果は千変万化しますが、これが我々のもつシミュレーターの基本系になります」

中央の恒星のまわりを、ほとんど雲にしか見えない円盤がゆっくり廻っている。中央に集まった物質が重力で圧縮されて核融合反応を起こして恒星となり、恒星に吞み込まれなかった円盤内の元素が寄せ集められ、押し寄せられて惑星となる。少なくとも太陽系に関する限り、内惑星系、外惑星系、カイパー・ベルトからオールト雲に至る外縁部までがどうやってできてどんな変化を経てきたのかはほぼ解明されている。

「系外惑星だけでなく、太陽系以外の星系についての観測データも多く集まりつつあります。まだ満足できるとは言えませんが、系外惑星の観測データをもとにその星の生誕から現在までの状況をシミュレーションすることができるようになりました。より確実な観測データが得られれば、それに合わせて修正していくのも地球シミュレーターといっしょです」

博士がパネルを叩くと、平らな初期原始太陽系が映し出されていたディスプレイは、再び青い惑星の姿を大きく映し出した。

軌道上から見下ろすように鮮やかだった地球と違って、こちらはずいぶんぼやけているように見える。私は巨大な青い星をひととおり見廻してみた。

「地球では、ありませんね？」

「はい」

博士は頷いた。

「くじら座τ星の第五惑星、世間では青星《ブルースター》としてもっとも有望な系外惑星です。観測データが増えたおかげで、かなり信用できるデータになりました」

レーザーセイラーは未だにτ星系に到達していないが、接近する探査機からのデータは格段に精度を増している。また、太陽系からの観測体制もずいぶん進化、充実した。

「中でも、マンハッタンアンテナからの観測データが大きいです。七つの惑星、一二の準惑星、無数の小惑星とそれから主星のτ星に関しても、我々は多大なデータを得ることに成功しました。それらのデータから生成したのが、このブルースターです」

「これが……」

観測画像から合成したのではない、シミュレーターで生成した系外惑星と聞いて、私はブルースターの立体画像をあらためて見直した。

「……観測データから実像を再現するのではなく、わざわざシミュレーターでブルースターを生成した理由はなんですか？」

「より正確な惑星の環境を確認するためです」

博士は答えてくれた。

「我々は、太陽系の惑星生成とその成長、環境の変化に関しては信用に足るデータを得ることができました。τ星の惑星系のそれが太陽系と同じであるという保証はありませんが、銀河系の同じオリオン腕に存在する同じスペクトルG型恒星ですから、似たような生成過程であることは期待できます」

「ですが、この星の大気が人類にとって呼吸可能であることはもう確認されたのでは？」

「大気のスペクトル分析で大まかな成分分布が判明しただけです。酸素二割窒素八割と、地球に極めて近い大気成分だったのは、ジャックポットのような大当たりです」

「そうなんですか？」

「惑星の大気は、場所と歴史によって変化していきます。例えば一〇億年前の地球大気には酸素はほんの数パーセントほどしか存在しませんし、現在の火星、金星にも呼吸可能な大気はありません。現在のブルースターの大気が地球の生命体にとって呼吸可能と期待できる成分なのは、それこそ天文学的な確率でしかありえないことです」

私は笑みがこぼれてくるのを抑えられなかった。

「では、我々は幸運なんですね」

「さあ、それはどうだか」

博士はあいまいな笑みを浮かべた。

「ブルースターの母星となるτ星は、太陽と同じスペクトルG型恒星ですが、太陽よりも少し小さく、一〇億年ほど古い。我々のシミュレーションによれば、ブルースターの年齢も地球より一〇億年ほど長い。つまり、同じ岩石でできた地球型惑星であり、かつて地球と同じ環境だった時期があったかどうかもわからないし、我々にとっては未知の領域である太陽系より古い惑星の変化についてのシミュレーションが必要になります」

「τ星をモデルに原始太陽系からのシミュレーションを行なったのですか？」

「そうです。現地からの直接のデータが届くまでは、結局これがいちばん確実な予測方法になりますから」

「生態系まで予測するなんて……」

私は海洋からその上の雲まで再現されているブルースターの立体画像を見直した。

「一二光年も離れた惑星相手に、そんな遠隔観測《リモートセンシング》が可能なのですか？」

「データと結果が一致するようにシミュレーションを行ないます。数十億年単位のものになりますから、途中ブルースターの歴史と合わないところがあるでしょうが、最終的に得られているデータと同じ結果になれば、少なくとも現状は同じであると判断できます」

「しかし……」

私は、スーザン博士の顔を見た。

「現在までの観測によれば、星に海があり、豊富な海洋生命があり、陸上に地上の植物とよく似ていると思われる植物相が存在すると聞きました。観測は今も続いているけれど、技術の進歩を待たなければ、それ以上のデータは得られないのでは?」

「マンハッタンアンテナを含む全太陽系の観測システムは、貴重なデータを送ってくれています。その情報は、τ星系だけに留まらず、τ星本星や近傍恒星系に関しても、観測データは続々と集積されています。そして、τ星の誕生から現在までの状況をシミュレートできれば、そこに発生する生命も進化の状況もある程度は予測できます」

博士がパネルを操作するとブルースターが消え、代わりに原始太陽系らしい中央に恒星を持つ円盤が映し出された。

「τ星の現在の状況と観測から、惑星系誕生から現在に至るまでの信用に足りるシミュレーションができます。τ星の重力は太陽ほど大きくないので、降着円盤もそれほど大きくなく、初期に形成される惑星系の数は逆に増えます。ただし、惑星の大きさは太陽系ほどにはなりません」

博士は、原始τ星系の時間を進めはじめた。原始太陽系の周囲に拡がる円盤の中でいくつもの星が形成され、円盤が薄くなり、ついにはいくつもの惑星になる。

「τ星系のオールト雲は太陽系のそれよりも濃いので、τ星系の小惑星分布も太陽系よりだいぶ多いのではという予想は、現在のところ当たっているようです。τ星系の内惑星系に形成された岩石惑星は初期こそかなり数が多かったのですが、それも長い年月のうちに衝突分解を繰り返して、現在の数になったのがおそらく三〇億年前。つまり、ブルースターはその発生こそ地球よりはるかに古いものの、惑星として安定した姿を得たのは地球よりも後であると推測できます」

時間を進めると、τ星系の円盤がほぼ消えてしまう。残った惑星を追い掛けやすくするために、スーザン博士は同心円状の惑星軌道をτ星系の立体画像に重ねた。

「ご覧の通り、第五惑星の周回軌道は第四、第六惑星の軌道よりずいぶん安定しています。これは、第五惑星に発生した生命の進化が期待できることを示しています」

博士は、第五惑星をズームアップした。

「我々はτ星の光の成分、第五惑星の自転、公転及びダイナモ効果による磁気圏についても信頼できるシミュレーション結果を得ています。第五惑星の磁気圏は、長期にわたってτ星の太陽風から大気圏を守り、太陽放射線、銀河放射線からも地上を防護していると言えます。また、現在のτ星系を巡る彗星、氷小惑星の分布と、現在の第五惑星の状況から、そこに存在する海の規模とその年齢、現在の成分と過去の成分の遍歴も推測することができます」

原始円盤が消えたτ星系では、惑星系が公転運動を続けている。

「今の我々は、ブルースターに生命が発生していることは知っていても、その詳細は確認できていません。しかし、環境とその発達から、現在の観測結果に合う生命系を推測することはできます」

私は、τ星系をシミュレーションしている立体画像の青い第五惑星を注意深く見つめた。

「シミュレーションで、そこに発生する生命がわかるのですか？」

「わかります。より正確に言えば、わかるようになりました」

博士は、ディスプレイをブルースターの全景に切り換えた。

「原始生命は、原始惑星の海で数限りない試行を繰り返して有機体からアミノ酸まで進化します。原始海洋の成分、大気の成分、気圧、磁気圏、母星となる太陽からの光の成分により、形成される有機体、アミノ酸はほぼ確定することができます」

「ほんとうに？」

シミュレーションだけで、生命の発生のみならずそのタイプまでわかるとはにわかには信じがたい。

「もちろん、現地から信頼に足るデータが届いて答え合わせができるまでは、正解だとは言えません。しかし、少なくとも地球以外にあとふたつの星で同じシミュレーションをして、計算結果が信じるに足るものであるという検証を行なっています」

「他の二つの星とは？」

τ星の第五惑星以外に、系外惑星についての話はあまり聞かない。スーザン博士は笑って答えた。

「金星と火星です。かろうじて太陽系のハビタブルゾーンに存在する地球と同じ岩石惑星であり、信頼に足るデータが得られている貴重なサンプルです」

「なるほど」

「火星でも金星でも同じシミュレーションが行なわれ、かつてそこに存在した海洋でどんなアミノ酸が生成され、どんな生命に進化したか、あるいは進化する可能性があったかが検証され、実地の調査結果と答え合わせされています。火星ではかつて原始的な生命体が発生し、陸上にまで拡がっていた可能性があり、金星では原始アミノ酸までは形成されたというシミュレーション結果は、実際の調査データとも一致しています」

「すごい……」

「さらに、現在金星上で確認されている高圧硫気環境下での古細菌がどうやって発生し、今現在どのように生きているのかについても、シミュレーションして現在の観測結果と一致する経過が得られています。従って、このシミュレーターでτ星系第五惑星を生成すれば、信頼に足る精度で予測できるわけです」

「どんな結果が出たんですか?」

「地球型惑星だからといって、地球と完全に同じ生命系は発生しない、という、当たり前の結果が出ました」

　スーザン博士は肩をすくめてみせた。

「地球と同じではない？」

私は注意深く博士の言葉を繰り返した。

「つまり、どういうことですか？」

「地球上の生物は、約二〇種類のアミノ酸からできています。いわゆる必須アミノ酸ですね。しかし、ブルースターでの生命の発生をシミュレートすると、生命を形成するのに使われるアミノ酸が地球の生命系のそれと同じものと、違うものが出てきました」

「……それは、同じ生物ではない、ということですか？」

「生物ということでは同じです。ブルースターの環境は安定しており、汚染も存在しないので、環境の変化による進化も普通に行なわれているでしょう。その環境から合成されやすいアミノ酸から進化した生命体は、当然ながら、そのアミノ酸を必須とする生命系を作ります。地球の場合、最初に海洋で発生した生命は、より効率的なエネルギー確保のために他の生命体を捕食するようになります。我々が食物を摂取しはじめたのは、遠い昔の原始の海で微生物を補食して以来のことです」

博士は、海の立体映像を映し出した。すぐそばに調査船らしき船がいるから地球の立体記録映像と判断できる。急速に視線を降下させたカメラは、そのまま海中に没した。青い世界に、大きな魚の群れが太陽光を反射している。

「植物のように他の生物を補食しない生物もいますが、多くの動物は他の生物を補食することによって効率的にエネルギーを得ます。そして、すべての地球上の生物は、地球で発生し、進化してきました。すべての地球の生物は、地球の生物しか食べたことがない」

「それはそうでしょう」

宇宙空間のかなりの資源は地球圏外から調達できるようになっているが、食物だけは地球由来のものがほとんどである。宇宙空間で生産できるようになった食物も、最初は地球産のものであり、品種改良は行なわれているが、地球外で発生した生命体はいまだ食物とはなっていない。

そこまで考えて、私は気付いた。

「つまり、ブルースターのものは、食べられない、と?」

スーザン博士は、今日いちばんの満足したような表情を見せてくれた。

「そうです。それが、このシミュレーションによる最も重要な結論です。近い将来、ブルースターに有人調査隊が首尾よく上陸したとして、現地の生命体を食べようとしても、消化できない可能性が大である、ということです」

「食べられない……」

「これが地球なら話は簡単です」

博士は、海の映像を地球に切り換えて見上げた。

「地球上なら、地上や洋上のどこで遭難しても大気が呼吸できないという心配はない。洋上で遭難して言葉も通じない船に救助されても、水が飲めるかどうか、食べ物が食べられるかどうか心配する必要はない。しかし、宇宙空間で新しい星を見つけたら、まずその星の大気が呼吸可能かどうか、淡水が存在するか、それは飲用可能か、生物が存在するならそれが地球型生命にとって致命的なダメージを与えるものかどうかすべて調査してからでないと、宇宙服のヘルメットを開けることもできません」

「地球人類は、ブルースターでは生存できない、ということですか？」

「それはまた別の話です」

博士は、地球をブルースターに切り換えた。同じスケールに立体表示される星は、解像度以外はほとんど同じに見える。

「地球人をブルースターの地表で生存させるか、地球の生命系をブルースターに持ち込むか、さまざまな解があります。結論から言えば、ええ、そのままでは無理ですが、いろいろやれば、地球人はブルースターで生きていくことができます」

「何をするのですか？」

「いちばん簡単なのは、現地に合わせた消化酵素を体内に取り入れることです」

「コアラのように、ですか？」

博士は、少し驚いたように私の顔を見た。

「よくご存じですね」

「地球の動物については勉強しましたから」

子供の頃、私は獣医志望だった。オーストラリア大陸の有袋類コアラは、他の動物にとっては毒であるユーカリの葉を食べる。その消化酵素は種に固有のものではなく、赤ちゃんが生まれたあとに母親から与えられるものなのである。誰に教わるわけでもないだろうに、どうやってそんなことを続けてきたのだろう。

「ブルースターの生命環境及びそこにある有機体、アミノ酸は地球と近似のものであると予測されています。地球生命体のタンパク質を構成する二〇種類のアミノ酸のうち、十数種類はブルースターにも存在して生物を構成する重要な要素となっています。残り数種類についても、ブルースターのシミュレーションによって特定しています。あとは、地球には自然に存在しない、ブルースターではありふれた生物を消化できるように、消化酵素を作ればいい」

博士は、自然公園で子育てをしているコアラの画像を映し出した。

「実は、特定の人種にもそういった消化酵素があることが確認されています。生肉を食べるエスキモー、海草を食べる日本人。だから、特定の環境に適応するように人類を改造するとか、そういう厄介で面倒な方法をとらなくても、人類はブルースターに適応できるかもしれません」

「しかし」

私は疑問を口にした。

「現地の有機アミノ酸を確認せずに消化酵素を合成することができるのですか？」

「できれば現地で確認したいところですが、それは現在のところ不可能です」

博士は本当に悲しそうだった。

「恒星間探査船がτ星系に到着し、ブルースターのサンプルを収拾、分析してその結果が地球に届くのがまだ何十年も先ですからね。だが、シミュレーションでブルースターにどのような有機アミノ酸が生成され、存在するかどうかは推測できます」

「それは、どの程度正確なのでしょう？」

「九〇パーセント以上」

「そんなに⁉」

「有機アミノ酸を作る元素の数は限られています。そこから理論上生成できる化合物の数は無数と言えますが、ブルースターの環境から、そこに存在しうる種類を絞ることができます。これから先、レーザーセイラーによる観測データが届けば、その信頼度はさらに増すでしょう。それともうひとつ、今、ブルースターにある必須アミノ酸のパターンを読み違えていたとしても、我々が必要とするのはそれを消化するための酵素です。違うアミノ酸を消化できる酵素を作っておけば、対処が簡単になります。実際に現地に向けて有人探査船が出発するころには、我々は確実にブルースターに生きるものを食べて、消化できるようになっているでしょう」

「かつての移民が、到着した新大陸で新しい食物を探すようなものですね」

昔の地球でも、旧世界と呼ばれた欧州から海を越えて新大陸にわたった移民たちは、現地に合わせて新しい食生活を開発した。

ふと気付いた。移民たちが新大陸に持っていったものは、自分たちの身体と道具、風習だけではない。新天地で蒔くための種、増やすための家畜もいた。

「先ほど、現地に合わせた消化酵素を腸内に取り入れるのはいちばん簡単な方法だと仰いましたね。他にも、方法があるのですか？」

「あります」

博士はよくぞ聞いてくれたというように頷いた。

「地球生命を現地に適応するように改良したうえで、持ち込みます」

「それも、旧世界から新大陸に渡った移民と同じですね」

「似てはいますが、この場合はいくつか問題があります」

「それはそうでしょう。歴史上の移民は、新世界に渡るために免疫のための接種を求められることすらなかった。次世代の移民とともに持ち込まれる植物も動物も、現地に合わせて調整されるということですね？」

「それもありますが、この場合心配しなければならないのは、我々が現地に乗り込むことによってブルースターの自然と生物が少なからぬ影響を受ける、ということです。人類は自分たちだけではなく食用の植物や家畜、さらにその餌まで持ち込むでしょう。大規模な、生命汚染は避けられません」

「生命汚染、ですか？」

不吉な言葉を、私は繰り返した。博士は答えた。

「生命汚染とは、その土地の固有の生命系を、外から持ち込まれた別の動植物が乱すことを言います。大航海時代の地球でさんざん行なわれたことです。たとえ現地のものを食べられる消化酵素を用意しても、ブルースターに入植するとなれば、我々が新天地を地球の生命で汚染することは避けられません」

博士は、立体画像をブルースターに切り換えた。

「まあ、実際にその問題が議論されるとしたら、今すぐ、ではなく近くない将来の話でしょうけどね」

「つまり、恒星間空間をわたってブルースターの近くまで来たとしても、この星の自然に影響を与えることなく上陸することは不可能、ということですか？」

「完全に消毒された宇宙服を着て、環境に対する影響を最小限に抑えることはできます。だが、呼吸可能、生存可能な環境を目の前にして、恒星間空間をわたった人類が自然保護のために立ち止まるとは到底思えませんね」

私は、もう一度、巨大なブルースターを見上げた。

「……ここには、どんな自然があるのでしょう？」

「地球と同じような、多様な自然が拡がっていると考えられます」

専門は宇宙生物学だというスーザン博士は答えてくれた。

「遠隔観測でも、地球と同様の植物が陸上に繁茂し、海洋にも藻類が大量に生存していることがわかっています。惑星地磁気が強く、長期にわたって安定した環境が保たれていますから、進化した生物が多様な生命を育んでいるでしょう」

「文明は存在しますか？」

「少なくとも、電磁波を通信に使うような文明は存在していません。ブルースターの夜の側にも、火山や大規模な山火事と思われる明かりはいくつか確認されていますが、人工的な照明はありません」

「では、この星にはまだ文明は存在しない？」

「地球人類と同じように光を使う文明が存在しないというだけです。原始人類が焚き火をしているのかも知れませんし、ブルースターに文明を築いたものは光を使わない、という可能性もあります」

「光……」

私は少し考えてみた。

「つまり、電気ですか？」

「人類が電気を使うようになったのは、文明史の中でも最近の話です。長距離通信に使われる電磁波は宇宙からでも観測可能ですが、現在までにブルースターから人工的な電磁波は観測されていません」

「文明は存在しないか、存在したとしても電気や電磁波を使う段階には達していない、ということですね」

「我々が観測できないような文明が発達している可能性も考慮しなければなりません」

スーザン博士は言った。

「例えば、地球上でも集団生活を営み、高度な社会性を持ち、都市と言える規模の巣を建設する蟻や蜂などの昆虫はいますが、我々はそれを文明とは認めていません。その基準をそのまま地球外に持ちだしてもいいものか。また、ブルースターの海中に高度な文明を築いている水棲生物がいないとは誰も断言できません。それにもうひとつ、重要な問題があります」

「なんでしょう？」

「我々は、地球上で発生した文明しか知りません。地球人類は、広大な宇宙のどこででも通用するような文明の定義をまだ行なっていないのです」

「ブルースターに、我々の知らない形態の文明が存在するかも知れないと？」

「そうです。でもそれは、この星にかなり複雑な生態系がおそらく数億年以上の間存在し続けていることに比べれば、大した問題ではないと思います。もし文明が存在したら、人類はブルースターに対する観測を中止すると思いますか?」

反射的に答えようとした私は、ぐっとこらえてもう一度その問題を考え直してみた。答えはすぐにでた。

「いいえ。その程度で、初めて確認された地球型惑星をあきらめるとは思いません」

「私も、そう思います。観測を続ければ続けるだけ、人類はブルースターに対する多大な知見を得るでしょう。現在あるデータでも、そのままでは地球生命の生存は不可能だが、軽い対症療法で生存し続けることができるとの結果が出ています。もし近い将来、この星に文明が確認されたとしても、我々はこの星を観測し続け、近寄る手段を模索し続けると考えています」

「同感です」

「そうですね」

博士の口調が明るく変化した。

「ひとつだけ、人類がブルースターに伸ばした手を引っ込める可能性があります」

スーザン博士はいたずらっぽい顔で頷いた。

「ブルースターにある文明が、我々より進んでいた場合。より正確には、この星が持つ戦力が、現在の地球より強力なら、人類はこの星に手を出すことをあきらめるでしょうね」

スーザン博士は、笑みを浮かべたまま言った。

ブルースターには、現在のところ文明を築くような知的生命は確認されていない。これから先の観測で、我々がコミュニケーションできるような知的生命が発見されるだろうか。

「……ブルースターに、宇宙人がいるかも知れないということですか？」

「科学者としては、可能性がゼロとは言えません。また、宇宙のどこかに知的生命体は存在するかという疑問なら、地球人類が存在するのですからいると言えますし、地球人以外の知的生命体についてもっと確実な話が聞きたければ専門家を紹介します」

「専門家⁉」

私は博士の顔を見直した。

「この地球に、宇宙人の専門家がいるのですか⁉」

「あー、たぶんご期待に添えるような、謎の宇宙人とか空飛ぶ円盤とか、そういう方面の専門家ではありません」

博士は秘密をあかすように声をひそめた。

「法務の方の、専門家です。興味深い話が聞けると思いますよ」

第九章　恒星間開発に関する法的問題

法務部の星間文明学者ケイとメイア・シーンの会話

カイロン物産は多国籍企業である。

宇宙空間で適用されるのは基本的に国際法だが、宇宙船や施設内では所属する国家の法律が適用される。

地上での活動については、その施設が位置する場所の法律が適用される。そのため、カイロン物産は主だった国家や連合には専用の法務部を設置している。

北米大陸におけるカイロン物産の法務部は、ニューヨーク市マンハッタン島の一等地に鎮座している。

地球温暖化を主要な原因とする海面の上昇は、全世界の沿岸部の都市に等しく押し寄せた。資金力と技術力のある都市は沿岸部に巨大な堤防を築いて対抗したが、標高の高い内陸部に移転した都市も多い。

世界の司令塔を自認するニューヨーク市は、大西洋に面するローワー湾とロングアイランド湾の湾口にロング・キャッスルと呼ばれる巨大な堤防を建設したことにより、海沿いの古い大都市としては例外的に景観が保たれている。ウォール街を見下ろすブロードウェイの摩天楼から見える風景も、見晴らしのいいオフィスに飾られていた建設当初の白黒写真とあまり変わっていない。

「カイロン物産法務部、星間文明課へようこそ」

堅苦しいスーツにネクタイを締めた東洋系の若い男が、モデルルームのようなオフィスで私を迎えてくれた。

「星間文明課外渉担当、ケイ・ミスミです」

この業界に根強く残っている風習のひとつである名刺《ビジネスカード》を貰う。名前は、アルファベットだけでなく、ケイの母国語でもある中国の漢字でも記されていた。アルファベットよりははるかに複雑な線と図形で表示される文字は、Dスターにいる時からよく見掛けていた。

「はじめまして、メイア・シーンです」

ビジネスカードを貰うたびに自分も作ろうかと思うが、実行に移したことはない。

「よく存じています。よかったら、サインをいただけますか?」

「もちろん、喜んで」

取材に来たのだから、相手の求めには快く応じたほうがこちらも得るものが多い。しかし、ケイがブリーフケースから取り出した雑誌を見た時には驚いた。Dスターで生まれた最初の赤ん坊、六人が表紙を飾ったタイム誌。自分の顔が雑誌の表紙に載ったのは後にも先にもこの時だけだが、親以外に見せられたのもこの時がはじめてである。

「表紙に？」

「おねがいします」

他の五人のサインはない。男女の区別もつかない六人の赤ん坊が無垢な笑顔で写っている表紙の、自分の顔のそばに私はこんな時にしか使わない古い万年筆でサインを入れた。

「ありがとうございます」

ケイは、私のサインが表紙に入ったタイム誌を嬉しそうに見た。

「劉健《リユウケン》社長から、ご希望にそうよう仰せ付かっています。なんでも聞いてください」

勧められたソファに腰を下ろして、私はレコーダーを示して会話の録音許可を得た。

「では、まず、ケイさんの専門を」

「大学で専攻していたのは比較文明論です。技術程度の違う文明の衝突みたいなことを研究していました」

「技術程度の違う文明？　というと、鉄器文明と青銅文明のような？」

「あるいは、銃を使う文明と弓矢くらいしかない文明です。歴史上、そういう衝突は枚挙にいとまがありません。多くは、戦争を行うほど対等の力がありませんから、衝突の結果は技術的に上位にあるものに圧倒的に優位に推移します」

「そして、現在の専門は、星間文明論?」

「それと、法務です」

弁護士の資格も持つというケイは、ちょっと照れ臭そうな顔で頬をかいた。

「星間文明論とは、将来的に地球文明が他の文明と接触したときにどうするべきかの指針となる学問です」

「他の文明というと」

ふと、自分が真面目な仕事の話をしているのかどうかわからなくなった。

「つまり、宇宙人ですか?」

「まあ、ひらたく言えばそういうことです」

ケイは苦笑いした。

「現在までのところ、地球外文明は確認されていません。ですが、地球上でも宇宙でも正体が確認できない飛行物体は記録され続けており、地球外文明が存在しない、という証拠もまた確認されていない。地球文明が存在する以上、地球外文明も存在すると仮定しておくほうが現実的でしょう」

「それは、宇宙人が実在して、いつかそれと出会う、ということではありませんか?」

「いわゆるファーストコンタクトですね」

ケイは、少し前のめりになって話し始めた。

「我々が研究している部門は星間文明論というおとなしい名前にはなっていますが、その内実は、地球外文明と接触したときに、我々はどう行動するのがもっとも合理的かつ実利的であるか、という思考実験です。ベースには海洋法や国際法がありますが、我々人類が作った法律には、適用される相手も同じ地球人類だけであるという致命的な欠陥があります」

「欠陥……ですか」

「物理法則と比較すればわかりやすいかも知れません。物理法則は、知的生命だろうが無機物だろうが例外なく適用されます。ところが、法律はそもそも相手が同じレベルの知性を持ち、同じ価値観を持っているという暗黙の了解がある。だが、宇宙空間に乗り出して地球人類と接触する可能性がある他の宇宙文明が、地球人類と同等の知性と価値観を持っている可能性は高くない。宇宙空間で接触するなら、宇宙人は我々より進んだ技術を手にしている可能性が高いし、現代の我々と価値観を共有できる可能性はさらに低い。ついでに言えば、我々が定義する生物とは外れる可能性も考慮しなければならない」

「我々が作る法律が適用できる範囲はそれほど広くない、ということですか？」

「法律など、しょせん人間が決めた決まり事でしかありません。同程度の教育を受けた同じ地球人類でも、言葉が通じなければ意思の疎通すら難しい。陸も見えない大海の真ん中で出会った文明人が操る船が、互いに悪意もないのにそのたびに戦うしかないのはあんまりだということで、慣習としての海洋法から発展したのが国際法ですが、それも価値観を共有する同じ地球上の文明人が何度もの不幸な事件を経験した結果として成立したものです。だが、宇宙空間では何度も試行錯誤するほどの余裕は、我々にはない。だから、あらかじめ想定しうるすべてのケースについて考察を行ない、最善と思われる手法や道筋を考えておく、というのが星間文明論の成立にあるお題目ですね」

そんな夢のようなことを学問として研究しているのかという驚きと、それがいつか役に立つ日が来るのだろうかという疑問が同時に心の中に湧いてくる。

「なにか、夢のようなお仕事のようにも聞こえます」

「僕も最初はそう考えていました。こりゃあ楽な仕事を摑んだ、と。なにせ、未知の地球外文明と遭遇した時にその確認手段と交渉手順を確立すればいいんですから。しかし、考察していくとそんな簡単なことではないことが判明しまして」

「宇宙人相手の法学が、簡単な学問なんですか⁉」

「その前に結論を、というか方針を決めておくべき問題があるのです」

ケイは頷いた。

「スーザン博士からの紹介ということは、ブルースターに関する最新の状況もお聞きになったのでしょう」

「聞きました。公表されているよりちょっと詳しい程度の最新の研究結果と、地球生命が現状のままでは現地には適応できないだろうとの予想、それからそのための対応策を」

「対応策を聞いているなら話が早い」

弁護士は頷いた。

「ブルースターの環境は地球に非常に近いが、素の地球生命体がそのままそこに生存できる環境ではないんです。アミノ酸由来の食物問題については、どう思いました？」

「考えたこともなかったので」

私は正直に答えた。

「地球型惑星と言われているのだから、そこには地球型生命が生存している、あるいは生存可能な環境であると無意識に信じていました。言われてみれば当たり前のことなんですよね。地球の大気組成が現在のようになったのは最近数千万年の話で、地球四五億年の歴史から見れば、酸素がほとんどない時期の方が長かった。地球と異なる歴史を歩んでいるはずの他の星系に行けば、大気組成も寿命も生成過程も地球とまったく違っている方が普通なんですよね」

「その通りです」

ケイはこういう話をするのが楽しいようだ。

「系外地球型惑星という言葉は、希望であると同時に詐欺でもある。そうは思いませんか？」

「そうかもしれません」

私はあいまいに頷いた。

「地球型惑星とは、地表が岩石で覆われた惑星という意味でしかありません。地球のような大気がなくても、海洋がなくても、ある程度以上の大きさの岩石惑星なら地球型に分類される。その言葉を聞いた一般市民は、そこが地球と同じ生存環境を備えた惑星だと思い込んでしまう」

ケイは続けた。

「無理もありません。今までに、数知れぬ惑星が小説、映画、メディアの中で描かれてきました。はっきり地球ではないと言っているのに、マスクもなしに呼吸し、会話している描写はこれからも続くでしょう。そして、系外星系における地球型惑星という名称も使い続けられる。まあ、そういう名前にしておかないと、系外惑星に行こうなんて気にはならないでしょうからそれでいいのかも知れませんが」

「地球型惑星の開発に投資する、という詐欺があるのは知っています」

私はあらためてケイに尋ねた。

「恒星間探査を行なっているカイロン物産の法務部が、詐欺対策のために星間文明論を研究しているわけではないでしょう」

「仰るとおりです。どちらかと言えば、詐欺を行なう方に必要な学問でしょうね」

ケイは笑った。

「そもそも、法務部がこの問題を扱うことになったのは、地球型惑星を開拓する時期が来たときに発生するであろう法的、人道的な問題について考察を行なっておくように、との上からのオーダーがもとになっています」

「法的、人道的な問題ですか？」

私は、ケイの言葉を繰り返した。

「……それは、この地球で発生する問題ですか？　それとも、開拓先の太陽系外惑星で？」

「話が早くて助かります。我々が考察すべき問題は、その両方で起きると予想される問題について、考察し、あらかじめ研究し、理論武装しておくことです」

「一〇光年も離れた地球型惑星を開発しようとするときに、地球でどんな問題が起きると予想されるのですか？」

「物理的、科学的な問題は起きないでしょうが、法務的、人道的な問題はいつでも起こりうる。我々が地球に足場を置く企業である以上、地球でも商売を続けようと思えばそれなりの対処法を用意しておく必要があります。そして、ブルースターに地球生命が入植するとき、生命体あるいはブルースターの環境、またはその両方を改造しなければならないとなったとき、我々の顧客にそれを納得させられるだけの理屈が必要になる」

「理屈……ですか」

「ブルースターで地球型生命が生活しようと思ったら、あらたに消化酵素を我々の体内に用意しなければならないという話はお聞きになりましたね？」

「はい、ここに来る前に、宇宙環境研究所で」

「それはつまりブルースターに入植する開拓民と地球生命には、現地に適応するための改造が必要になるということです。現在でも、特定の地区に旅行するためには何種ものワクチン接種が必要になりますが、これが太陽系外地球型惑星になると事前にどれほどの処置が必要になるのかわかりません。改造がどこまで許されるのか、許されないのか。許されないとしたらその理由はなにか。それは解決可能な問題なのか。そのあたりが、法務部にこの問題が振られた理由ですね」

「現地の改造というと」

私はスーザン博士の説明を思い出した。

「地球型生命を持ち込むことにより、現地の生態系が汚染されるということですか？」

「そうです」

ケイは答えた。

「我々が知っているたかだか数千年にしかならない人類の歴史上にも、いくつもそんな例があります。アフリカに発生した原始人類が世界中に拡がったのはさすがに止めようがありませんが、最近数百年の開拓史の中でも、新天地に人類が家畜を持ち込んで現地の生態系を破壊した例がいくつもあります」

「そうですね」

「自然保護の観点から言えば、手つかずのブルースターの自然はそのまま保護すべきものでしょう。学術的にも、人類が地球型惑星上に初めて確認した生態系です。おそらく、ブルースターの自然には地球のそれと同等の価値がある。では、開拓のためにそこに地球生命を持ち込むことは人道的、倫理的に許されるのか？」

「それは……」

「個人的な直観や信念で答えを出していい問題ではありません。これは、新大陸以来数世紀ぶりに人類が開発する新天地です。事前準備で避けられる間違いがあるなら、考えるのは我々の仕事です」

「それが、星間文明課外渉担当の仕事なんですね」

私はあらためてマンハッタンの摩天楼の上階の見晴らしのいいオフィスを見廻した。このモデルルームのようなすっきりしたオフィスも、おそらく対外的な宣伝の一部なのだろう。

私はケイに目を戻した。

「星間文明課という名前を聞いた時は、宇宙人相手の話かと思いました」

「簡単に思い付く問題は、もし開発しようとする惑星に先住文明があったら、ということですね。我々はこの地球上で、異文明同士の衝突をいくつも経験し、それを歴史という形で学ぶことができる。我々は、新大陸に乗り込んだ征服者にも、そこに住んでいた被征服者になるつもりもない」

「征服者の立場を希望する人は多いと思いますが」

「それは否定しません」

ケイはため息を一つついた。

「しかし、我々にも企業イメージというものがある。それは、未来にも続くものであり、場合によっては地球人類を代表するものになるかもしれない。未来を少しでもマシなものにするために、現在やるべきことがあるなら、その労力を惜しむべきではないでしょう」

私はふと、彼のほんとうの仕事場はここではないのではないかと思った。

「正直、最初に話を振られたときにはなんでそんな空想的な話を法務部に、と思ったもんですが、異星文明との接触なんて今まで何回も本や映画に描かれたドラマチックな状況になる以前に、法的な問題がいくつも出てくることが判明しました」

ケイはすらすらと話を続けた。

「最初に問題になるのは、新しい惑星の軌道上に観測基地を設置し、惑星間空間から鉱石資源を調達する場合。太陽系では所有者のない物件は早い者勝ちですが、太陽系外でもそれでいいのか。地球人類以外に明確に宇宙技術を持つものがいない太陽系内ならともかく、太陽系外でも同様に振る舞って問題はないのか。そもそも、そんな考察が必要なのか。法的執行機関が半径一〇光年に存在しないような環境で、法に従う必要がいったいどこにあるのか」

「半径一〇光年に法的執行機関が存在しない状況」

私は少し考えてみた。

「最初の、ブルースターに対する有人観測船はそのケースになり得ますね」

「歴史の中では、有人月面探査、あるいは有人火星探査がそれに近いケースです。火星と地球の往復の通信タイムラグは一時間にもなりませんが、恒星間有人探査では、そのタイムラグは往復二〇年にも及びます。現行の法体系では時効が成立するケースもあるでしょう。そんな遠くはなれた場所に、法体系を持ち出す必要があるのか？　必要があるとすればその理由は何か？」

「あなたが紹介されたということは、その問題については答えが出たのですね？」

「はい。結論から言えば、どんな環境であっても、たとえ一人であったとしても、人類は法体系に従って生活するべきです。理由は、その方が合理的であり、生存確率が上がるからです」

「一人だとしても、ですか？」

「そうです。実のところ自分一人なら好き勝手できるんじゃないかと期待してたんですが、検証の結果、個人的には残念な結果になりました。まあ、想像してみればわかると思います。あなたが衣食住が保障された一人暮らしをするとして、欲望の赴《おもむ》くまま好き勝手な放蕩《ほうとう》生活をするのと、最低限人間らしい規律のある規則正しい生活をするのと、どちらが健康で長生きできると思いますか？」

「それは、まあ」

考えなくてもわかる。

「自らの欲望に忠実な放蕩生活よりは、規律ある規則正しい生活、でしょうねえ」

「そう、ほとんどの人間は、自由な環境で好き勝手できるようになると、体調を崩すまで放蕩してしまう。なぜだと思います？」

「理由、ですか？」

「考えてみてください。法律を持たない野生動物は、自分で全てを決断しなければならない環境にあっても体調を崩すような放蕩は行なわない。自然の状態なら、食べ過ぎて肥満になったり成人病になることもない。なぜ、人間だけが、放蕩するのでしょう？」

「野生の動物は、そもそも放蕩できるほど環境に恵まれていません」

反論した私は、答えに辿り着いたことに気付いた。

「──つまり、環境に恵まれているから、歯止めがかからなくなる？」

「おおむね、こちらと同じ結論です」

弁護士は頷いた。

「野生の動物は、本能に従って生きる。高度に社会性に富む、群れで生きる動物は例外的に法律に似た規律に従っていることがありますが、文明化された人類の本能はそれほど精度が高くない。だから、たとえ一人でも、法律なり規範なりを決めて守った方が、結果的に安全だし生存確率も上げることができる。かつては宗教が担ってきた役割の一部分が、現在は法律に置き換えられているという考え方もできます。人類は半径一〇光年に自分以外誰もいない環境だったとしても、法律に従った方がいい。では、そう思わせる法律とはどんなものでしょうか?」

「法学の専門家ではないので想像も付きませんが……」

私は、慎重に言葉を選んで続けた。

「それは、将来的に接触しうる地球外文明にも説得力がある、普遍的なものでなければならないのではないでしょうか?」

「では、宇宙的に普遍的な価値とはなんでしょう?」

答えようとしたが、脳内になんの言葉も浮かんでこない。普段生活していても歴史の上でも価値あるとされるものは多数存在するが、そのすべてが地球人類の基準でしかない。

「そんなものが、人類の知性で決められるのですか?」

「決めろってのが上からのオーダーですからね。決められないならそれなりの理由をでっち上げなきゃならないし、それに宇宙でも法律が必要な方が合理的なら、知性の限りを尽くして合理的と信じられる法律を作らなきゃならないのが我々の仕事です」

「この宇宙に他の知性が存在するとして、それが我々と同一の価値観を持つとは限らない。そんな法律を作ることができるのですか?」

「もし、物理法則や数学の公式のような法律を作ることができれば、それはどんな知性体に対しても説得力を持つことができるでしょう」

弁護士はちょっと下品な笑顔を浮かべた。

「もっとも、法則や公式ほど明白な決まりごとならば、わざわざ法にする必要もないでしょうけどね」

「それで、ブルースターを開発するための法的な言い訳は決まったんですか？」

「緊急避難条項を使います」

「緊急避難条項？」

「古くはカルネアデスの船板と呼ばれる命題にもある、自分の生存のために他人の生命を奪うことが正当防衛と認められる判断のことです。我々の地球環境は安全な状況にないので、人類の生存のために他の星系を開発することは許される、という理屈です」

「……そんなことで、いいんですか？」

「その理屈で、たいていの無法行為は許されます。国家レベルなら戦争、個人レベルなら強盗を正当防衛の名のもとに射殺することまで。まあ、現実にはいろいろと制限がありますんで、そう簡単には行かないんですが」

「異星に着陸して前線基地を作るのも、そこの生物を採取するのも、すべて緊急避難で言い訳するのですか？」

「その通りです」

弁護士は当たり前のような顔で頷いた。

「仮にあなたがニューヨーク近郊に山をひとつ買ったとしましょう。そこに家を作るとする。そのために何本か樹を抜かなければならないとしたら、あなたはそれをためらいますか?」

「どんな樹か、によるでしょうね」

「つまり数百年の年輪を持つ大樹か、それとも一年生の雑草かで、その対応は変わる」

「雑草なら、ためらいもせずに抜くでしょう」

「それが普通の人類の対応でしょう。では、このあとどこかで夕食を摂るとして、近所にお薦めのシーフードレストランがありますが、そこで食用に供される動植物について何か言い訳をすることがありますか?」

「私は草食主義者ではありませんから」

私は笑って首を振った。

「あなたも、そうではないでしょう?」

「はい。生まれてからこの年齢《とし》になるまでに、何頭分、何匹分、何羽分の肉を食べたか、考えたこともありません。すべて、生きるため、成長するためです。その責任を考えたこともない。だが、歴史上には、それらに理由を考え、許可を与えた存在もあります。いわく、神がそれを許したもうたから」

「宗教を作るようなものですか？」

私は少し考えて付け加えた。

「誰もいないところで律する規則を作るのは、宗教を作るのに似ていますね」

「自らの信じるところにより正しいやり方を模索する、という点ではそうかもしれませんね。だが、宗教と違って法律は常に自分の頭を回転させてよりよい方策を選択するための方法であり、盲信して従うものではありません」

ケイは、じっとこちらを見た。

「なにより、法律を宗教にしてしまうのは、それに従うものから思考能力を奪う可能性があるので我々の目指すところとはまったく違います。歴史上いくども繰り返された、異民族を人間扱いしない残虐行為は、宗教の上位組織によって許可されたところも大きいので」

あまりに真面目な視線に恥ずかしくなって、私は自分から目を逸らした。

「よいルールはできそうですか？」

「最善を尽くしているところです」

弁護士はすがすがしい笑顔を見せた。

「この宇宙法は、物理法則の次くらいに普遍性を持つものでありたい、と思っています。となると、スタートレックの艦隊規則くらいしか参考にできるものがないのですが」

私はあいまいな笑いを返した。スタートレックの名前はよく聞くが、白状すると見たことがない。

「それで、その宇宙法はいつごろまでに完成すればいいのですか？」

「ブルースターに有人探検隊が到着するまでに完成していれば用は足りるでしょうが、実は、今日こうしている間にもうちには全世界の有名無名のクレイマーから反対意見が届いています。また、投資家に対して説得力のある説明を行うためにも、一刻も早く法体系を確立しろってのが我々に対するオーダーです」

「そんなあやふやな……」

「幸いなことに、完成しても修正する余裕も時間もあります。近いうちに、現実の法体系と国際法に則した宇宙法の初稿を発表できると信じています」

第十章　冷凍睡眠の最新状況について
メイア・シーンによるマクファーレン医師へのインタビュー

マサチューセッツ州ボストンは、伝統的に医療研究が盛んな街だ。

もっとも早い時期から冷凍睡眠研究を開始し、いくつかの実績もあるボストンのリンカーン記念病院で、私は冷凍睡眠実験に関する研究医、ヘンリー・マクファーレンにインタビューする機会を得た。

インタビューは、ヘンリーの研究室で行なわれた。

「まず、基礎的なところからはじめましょう」

正確な知識を得たいと言った私に、目の前の若い研究医は説明をはじめた。

「いわゆる人工冬眠と冷凍睡眠は、同じような意味で使われますが、まったく別のものです」

「原子力と、核融合のように？」

冗談のつもりで言ったら、ヘンリーは笑ってくれた。

「あなたがその違いを理解しているなら心強い。その通り、人工冬眠と冷凍睡眠は、まったく別の技術です。人工冬眠は、リスや熊など冬眠をする哺乳動物の技術を応用したもので、体温は平熱より下がるし脈拍も遅くなりますが、生体が凍るほどには冷やしません。それに対して冷凍睡眠は、全身を零下一〇〇度以下に凍り付かせることによって細胞を破壊せずに保存する技術です」

「どちらが簡単でどちらが難しい、とかはあるのですか？」

「鳥が空を飛ぶのと、人間が空を飛ぶくらいには違うと思った方が間違いないでしょう。冬眠は、一部の哺乳類によって実際に行なわれており、冷凍睡眠は最近になってやっと実用化の目処が付いたばかりの新技術です」

「実用化というと、どの程度のレベルなのでしょうか？」

冷凍睡眠に関して公開されている情報は少ない。医療専門誌に載るような信頼に値する論文から、閲覧数稼ぎにしか興味がないようなオレンジサイトまで、冷凍睡眠に関する情報はいくつか目にすることができるが、真実だと判断できるような情報は驚くほど少ない。

信用しても大丈夫なのは、どうやら動物実験は成功しているらしいこと、そしてマウスのような小動物ではなく、豚や大型犬のような体重一〇〇キロ近い哺乳類でも実験されているらしいこと、くらいまでだった。

「温血動物の冷凍と解凍はすでに実用化の段階にあると言えます」

医師はあっさり言った。

「まだ実験段階ではありますが、将来的には人類に対する冷凍睡眠は実用化できるでしょう」

「将来的といっても、数年のうちなのか、数十年なのかでいろいろと話が違ってきますね」

「では、言い方を変えましょう」

ヘンリーは、社交的な笑みを浮かべた。

「人工冬眠の実現のために必要な技術革新は、だいたい完了しました。この先必要なのは、実用化のための改良と調整です」

「……それはつまり、実用化はもう目前だ、と理解していいのですか？」

「冷凍睡眠は、最近になってやっと実用化の目処が付いたばかりの新技術です」

ついさっきその台詞を聞いたばかりなのを思いだして、私はヘンリーの顔を見直した。医師は軽く咳ばらいして、水を飲んだ。

「そして、長期にわたる宇宙航行に役に立つのは、冬眠ではなく冷凍睡眠だと考えられています」

医師は、話を続けてもいいか訊くようにこちらを見たので、私は話の先を促した。

「なぜ、冬眠ではなく冷凍睡眠が宇宙空間で長時間を過ごすのに向いているのか。理由はいくつもありますが、冬眠状態を保てるのが数ヶ月から十数ヶ月止まりであることが大きいですね。恒星間航行なら、眠る時間は数十年にも及びます。人工冬眠では、それほど長い時間を過ごすことはできません」

「冷凍睡眠なら可能である、と？」

「冷凍睡眠なら、冬眠よりも長い時間を安全に過ごし、健康を保ったまま目覚める確率が高いと考えています」

学者らしい慎重な言い方で、医師は説明した。

「六〇〇〇種ほどいる哺乳類の中で冬眠を行うものは一パーセントをはるかに下回ります。わずかな種類の冬眠をする哺乳類は、その前に充分な準備を行い、ホルモン調整を行ないます。自然状態での冬眠は数ヶ月に及び、その間の体温は平熱から零度近くにまで低下し、脈拍も少なくなります。そして、冬眠中の代謝のおかげで体重は何割も減ります」

医師はほんとうに基礎的なところから話をはじめてくれるらしい。

「また、そこまで体温を落とさず、冬眠中に何度も目覚めて食事と排泄を行うものもいます。医療行為としての低温療法は、もうずいぶん前に確立した技術です。しかし、人体の代謝を低下させて長期冬眠させる方法は、どう考えても宇宙空間向きではない」

「冷凍睡眠の方が適していると判断したのはなぜですか？」

「冬眠中の人体も、それを保持するための装置も、正常に動き続けなければならないからです。人工冬眠中はそれを維持するためのエネルギー、栄養を含む資源が必要になる。そして、恒星間宇宙飛行に期待される冬眠期間は、数年から数十年にも及ぶ」

「恒星間宇宙飛行」

私はその言葉を繰り返した。

「有人恒星間飛行ですね？」

「そうです。惑星間空間で事故に遭い、限られた資源で救助が来るまでの数百時間を生き延びたい、という場合なら、人工冬眠は有用でしょう」

「人工冬眠で何年も過ごすことは不可能なのですか？」

「不可能ではありませんが、実用的ではありません」

ヘンリーは難しい顔で首を振った。

「人工冬眠状態でも、生体は代謝を続けており、加齢は確実に進行します。冬眠中に必要な栄養素やホルモンを供給できるようにした長期の人工冬眠は、動物実験が何百例もありますが、それでも年単位の長期の人工冬眠には捗々《はかばか》しい結果は出ていません。いろいろと調整の余地はあるでしょうが、宇宙空間向けの方法とは思えません。しかし冷凍睡眠なら、少なくとも、加齢の心配なしに数十年を過ごすことができます」

医師は言った。

「現在、あるいは将来的に期待できる恒星間航行技術でも、何らかの手段で光速を突破する手段が実用化されない限りは、恒星間航行には数十年単位の年月が必要です。生きて目的地に辿り着こうと思ったら、現時点では途中の行程を新鮮なまま冷凍保存する手段が一番実用的で、見込みがあると考えています」

「人工冬眠には、冷凍睡眠に勝るメリットはなさそうですね」

「年単位の長期間、外部からの補給が期待できない状況なら、冷凍睡眠の方が有利でしょう。人工冬眠は開始前に内臓や代謝系を調整し、改造する必要もありますし、薬品の投与も必要になります。また、冬眠中の栄養補給のためのルートを追加する必要もあります」

「寝ているあいだに、栄養補給が必要なのですか？」

「冬ごもりの前に、秋に食いだめをする熊やリスの話を聞いたことはありませんか？」

ドキュメンタリーでそんな話を見たことはある、ような気がする。医師は話を続けた。

「冬眠中は低体温になり脈拍も減るとはいえ、毎日摂るはずの食事なしに眠り続けることになります。その間に消費する栄養を体内に蓄えておくため、食いだめをする熊の体重は夏の一・五倍から二倍以上になります。同じことを人間でやったらどうなると思いますか？」

「体重を一・五倍に増やすためにひたすら食べ続けなければならない？」

「健康な人間がほんの二、三ヶ月で食事だけで体重を一・五倍以上に増やそうとしたら、太る前に内臓がおかしくなって別の病気になります。しかも、冬眠明けにはもとの健康体重を下回るまで痩せている上に、運動不足による筋力低下も避けられない。冬眠中の栄養補給のために血中に直接栄養を投与する経路を作り、筋力や骨量の低下を起こさないような薬品の投与も行なわなければならない。できる限りの対処をしたとしても、冬眠前の健康な状態を、終了直後に維持することはできない。冬眠前の体力、体調を取り戻すためにはリハビリよりは治療に近い処置と時間が必要になります。つまり、起きてすぐに動き回らなければならない過酷な労働環境には向いていない」

「確かに宇宙は過酷な労働環境ではありますが」

「しかし、人工冬眠はほぼ確立されています。技術的にどちらが困難かと言えば、それはもう間違いなく人工冬眠よりも冷凍睡眠です。マイナス九六度を超える低温まで急速冷凍すれば、細胞を破壊することなく生体を完全に保存できる。表面から内部に至るまでそれなりに体積がある、つまり熱容量の大きな人体を急速冷凍するのは大変ですが、それができれば、解凍するほうは電子レンジをはじめとする技術の蓄積が連綿とありますから」

不謹慎とわかっていながら、私は浮かんだイメージを口にせずにはいられなかった。

「冷凍チキンを電子レンジにセットすれば、鶏が目を覚ますのですか？」

「そう思ってもらってもあんまり間違いはありません」

ヘンリーは聞き流してくれた。

「ただし、生きているチキンの冷凍は冷凍庫よりはるかに大きな設備で行なわれる必要がありますし、解凍も専用の電子レンジで定められた手順に従って行わなければなりません」

ヘンリーはにやりと笑った。

「温めたチキンに昔と同じようにその辺りを歩きまわってもらおうと思ったら、レシピには膨大な手順が記録されることになります」

冷凍睡眠について公開されている数少ない情報から、技術的、予算的問題よりも、倫理的、法務的なデリケートな問題が大きいのだろうと予測していた。しかし、今回の取材の目的は冷凍睡眠の技術の進歩を調べることではなく、それが恒星間有人飛行にどれほど役立つのか知ることにある。

ヘンリーの冗談に愛想笑いをかえして、私は話題を変えた。

「ところで、長期にわたる恒星間有人飛行には、時間だけでなく、もうひとつの大きな問題があります」

相手はどの程度この問題について詳しいのだろうか。

「放射線ですね」

ヘンリーは当たり前のように答えた。先回りされた。しかも正解。

「そう、ご存知のように、内惑星系では強力な太陽の放射線が、太陽が問題にならないくらい離れた外惑星系では天の川銀河の中心からの銀河放射線が大量に飛んできます」

「こうやって地球上で暮らしていれば、偉大なる地磁気が生み出すヴァン・アレン帯のおかげで有害放射線はほとんど遮蔽されていますが、ええ、有人宇宙飛行で一番問題になるのは、放射線です」

それは、私が生まれてから幾度となく聞いた話だった。

「あなたも宇宙生まれの宇宙育ちなら、いっぱい浴びたのでしょうね」

「いやってほど注意しろ舐めるなって聞かされて育ちました」

私は昔聞かされたことを思い出した。

「放射線は、それ自体は痛くもかゆくも熱くもない。ただ、目に見えない小さな陽子が高速で貫通するから、それによって細胞内の遺伝子が損傷を受ける。小さな損傷なら、遺伝子はそれを修復できるけど、大きな損傷を受けると修復できない。そして、損傷した遺伝子は、細胞を正確に複製できず、全身がゆっくりと壊死《えし》していくことになる」

「おっしゃるとおりです。長期にわたる宇宙飛行、あるいは宇宙生活では、放射線による遺伝子の損傷は避けることができない。分厚い水や鉛の障壁で、高速の粒子をある程度軽減することはできますが、人類の技術と分厚い磁場で守られた地球上ほど安全に放射線を遮蔽することはできない。これを見てください」

ヘンリーは、デスクの上に白いキューブを置いた。これまでの取材で、こうやって出てくるものにはなにか意味があることはわかっている。私は、デスクでLEDの照明を浴びている手の平に載るくらいの立方体を注意深く観察した。白いガラス製に見える。

これは放射線、それも宇宙放射線に関連するものだと考えて、私は口にした。

「宇宙空間に置いた、ガラスですか?」

「さすがですね」

正解だったらしい。

「そう、これは地球上で普通に使われる石英ガラスを、実験のために高軌道上に置いたものです。宇宙にいたことがあるならご存知でしょう。地球上なら何百年でもその透明度を保つガラスが、太陽放射線を遮るヴァン・アレン帯の外側にほんの数ヶ月置いただけでここまで真っ白に濁ってしまう」

ヘンリーは、手に取ったガラスのキューブを照明に掲げるようにして透かしてみせた。

「宇宙放射線が、ガラスの中にある不純物を叩いて破壊し、局部的に屈折率を変化させるため、内部に白い点が発生するように見えています。一日あたりの発生数はそれほど多くありませんが、集積されればこうなります」

ヘンリーは、ガラスキューブを私の前に差し出した。

「同じことが、放射線の照射を受ける生物の体内でも起きていると思ってください」

私は思わず自分の手の中のガラスキューブを見直した。

「宇宙放射線は、全方位から飛んできて、宇宙空間にあるすべての物質を容赦なく貫きます。放射線そのものは微細な粒子ですが、ほぼ光速なので、貫かれたものはダメージを受けます。それは、ここ地球上でも例外ではありません」

ヘンリーは、研究室を見廻した。

「先ほど申し上げたように、地球は強力な磁場を持っています。天の川銀河からの銀河放射線、太陽からの太陽放射線は地球磁場によってつくられるヴァン・アレン帯に捉えられ、その進路を歪められ、地上にはほんのわずかしか届きません。おかげでこの惑星の大気は太陽風によって剝ぎ取られず、育まれた生命も放射線による影響を受けることなく進化することができました。つまり、地球上のこの環境は、宇宙線を防護していると言えます」

「よく知っています」

宇宙に生まれたものとして、自分が生まれた環境に対する教育は念入りに施されている。

「ヴァン・アレン帯の外側では太陽放射線が、太陽放射線の密度が問題なくなる外惑星系まで出れば今度は銀河放射線が容赦なく飛んでいます。じゅうぶんな防護措置なしに宇宙空間に出れば、地球上に生まれたほとんどの生物は回復不能な損傷を受けます」

「その通りです。次に、こちらを見てください」

ヘンリーは、デスクの引き出しを開けて、もう一つのキューブを取り出した。こちらは完全に透明である。

「健康な細胞の状態ですか？」

「そうとも言えますが、こちらは、そちらのキューブと同じ条件に同じ時間置いたものです」

私はヘンリーの手の中のガラスキューブを見直した。こちらの立方体の中には、気泡も点も、傷ひとつ見あたらない。

「宇宙線を防護できる遮蔽環境の中に置いた？」

「いえ、実験のために解放環境に置いたものです」

「曇っているようには見えませんが」

「そちらのキューブは一般的な石英ガラスですが、こちらのキューブは高純度の溶融石英ガラスです」

私は、自分の手の内の白く曇ったガラスキューブと、ヘンリー医師の細く長い指に保持されている透明なキューブを見比べた。

「材質が違うのですか？」

「ほとんど同じですが、純度と作り方が違います。そちらのキューブはふつうにガラスを溶かして作ったものですが、こちらの溶融石英は高純度の粉末をるつぼを使わずに溶かしあわせて作ります。結果として、長年放射線に当たっても透明さを保つ、放射線環境に強いガラスができます」

ヘンリーは、私に透明なガラスキューブを寄越した。白いガラスキューブを引き替えに渡して、私は透明なキューブに見入った。

「宇宙で使われる窓には、この溶融石英が使われているはずです。でないと、透明なはずの窓があっというまに放射線に叩かれて白く曇ってしまいますから。おそらく、あなたが今までに宇宙を見たほとんどの窓は、この溶融石英とそのバリエーションで作られています」

大気圏突入など、高熱にも耐えなければならない部位にはさらに特殊な素材が使われる。構造材に開口部を設けて別な素材の窓を据え付けるよりも強度的に有利だから、カメラとデイスプレイで代用されることも多い。

「普通の生命体は、宇宙空間では放射線に叩かれてダメージを受けます。もちろん、傷が治るように、生命には修復機能があります。放射線に叩かれてほんの一部が欠損しても、細胞は小さな傷なら直してしまう。だが、放射線が増え、遺伝子の欠損がある一定の閾値を超えると、修復が追いつかなくなる。そして、修復されない遺伝子が再生した細胞は、もとの機能を維持できない」

「放射線障害ですね」

その恐ろしさは、子供の頃から繰り返し聞かされていた。

「では、もし生命体を、通常のガラスから溶融石英のように放射線の影響を受けないように変化させられる、としたらどうでしょう？」

「それは、宇宙で生活するものの夢でしょう」

言いながら、私の目は自分の手の中の透明なままのキューブに吸い寄せられた。

「……そんなことが、可能なのですか？」

「起きていては、無理です」

ヘンリーは、白く濁ったガラスのキューブをデスクに置いた。

「人工冬眠も、起きている時と同様に放射線の影響を受けます。生命維持システムも完全に停止するわけにはいきません。しかし、体温を零下一〇〇度近くまで落とし、生体細胞を傷付けることなく凍結してガラス化すると、その影響をずっと低く抑えることができます」

「まさか」

冗談かと思った。今までさんざん放射線の恐怖を聞いて、対策してきたのに、そんな都合のいい話があるはずがない。

しかし、ヘンリーは嘘を言っているようには見えない。

「ほんとに？」

「実験によれば、放射線による障害は通常の数パーセントにまで抑えられました」

「なんで⁉」

私は思わず声を上げた。

「宇宙で、そんな都合のいいことがあるわけないじゃないですか！」

宇宙空間は、厳密な物理法則と化学効率に支配されている。科学は人間の都合など斟酌《しんしゃく》しない。

「もちろん、科学が人間に合わせて手加減してくれたわけではありません」

私の反応が予想通りだったようで、ヘンリーは笑っている。

「おそらく、低温に保たれるのが重要なのです」

私は、持っていた白いガラスキューブをデスクに置いた。

「これだって、地球近傍軌道ならマイナス一〇〇度になっていたはずですが」

「太陽に当たる面では、プラスの二〇〇度まで温められる」

ヘンリーは、手に取った溶融石英のキューブをゆっくり廻して見せた。

「軌道上での実験では、宇宙機の片面だけの加熱を防ぐため、太陽による加熱を均一化させるために、ゆっくりとバーベキューのように回転させるのが普通です。宇宙空間で、なおかつ低温状態に置く実験は、わざわざ設定しません」

「宇宙空間で、低温実験を行ったのですか？」

「はい。動物実験よりも簡単で安上がりで、確実な結果が出ますから」

「では、実証実験済みなのですか？」

ヘンリーは、三つ目のガラスキューブをデスクの引き出しから取り出した。

「これが、最初のキューブと同じ期間、高軌道上で低温環境に置いた、通常の石英ガラスのキューブです」

私は、医師の手の中のキューブを見つめた。

溶融石英のキューブのように、無傷というわけにはいかない。しかし、真っ白に濁った最初のガラスキューブに比べれば透明度ははるかに高い。いくつもの傷は内部に認められるが、ガラスの向こうまで透けて見える。

「ご覧の通り、同じ高軌道上でも、冷却されたままのガラスは目で見てわかるほど放射線による影響が少なくなっています」

「なぜ、低温にするだけでそうなるのですか？」

「宇宙線が衝突することにより影響を与える分子の範囲が小さくなるから、と考えられているそうです」

「分子の範囲？　ですか？」

低温にすると分子の大きさが変化するのか？　そんなはずはない。

「もちろん、温度によって分子の大きさが変化するわけではありません」

医師はまたしても私の思考を先読みしたようだ。

「物質は温度によって固体、液体、気体とその相を変化させます。気体でも液体でも温度によってその体積は変化しますが、それは分子としての物質の大きさが変化するわけではありません。分子の振動によって結晶構造を保つ固体になったりどろどろの液体になったり、さらには好き勝手に飛び跳ねる気体になったりします。分子の振動が激しければ物質は高温になり、低温になれば振動は少なくなり、分子が静止するほどの低温になれば電子が通り過ぎるときに分子に衝突して熱に変換されることもない超伝導状態、電気抵抗がゼロの状態になります」

「分子の振動が止まるから、宇宙線が命中する範囲も小さくなる、ということですか？」

「実用上は、その理解で間違いありません。幸いなことに宇宙線の直径は陽子ひとつ分、人体はマイナス二七三度の絶対零度にまで冷やさなくても、零下一〇〇度くらいまで冷やせば生体細胞は長期保存に耐える固体ガラスになります。その状態では、起きて動いているよりも宇宙線の影響がはるかに少なくなります」

「断言できるということは、実験済みなのですね？」

「動物実験までは終了しています。今のところ、計算通りの結果が出ています」

「恒星間飛行には、冷凍睡眠が有望である、と？」

「私はそう信じています」

医師は背もたれに身体を預けた。

「だが、恒星間飛行に必要な数十年もの年月を銀河放射線に曝された場合、覚醒後の障害が放射線症を起こさないレベルになる保証はない。だから、覚醒後に治療が必要になります」

「……治療が可能なのですか？」

「理論上は」

ヘンリーは難しい顔で言った。

「生物は、細胞のひとつひとつに設計図である遺伝子を持ち、それを元に老化した細胞を置き換える代謝を行って生きています。放射線障害は、新しい細胞を作るときに設計図となる遺伝子が傷付き、断ち切られ、もとと同じ細胞を作れないことから起きる。では、損傷した遺伝子を修復できるとしたら、どうでしょう？」

「遺伝子を、修復？」

私は、昔そんな詐欺事件が起きたのを思い出した。

「遺伝子を好き勝手に修復できるのですか？　だとすれば、寿命因子《テロメア》を修復したり、若返りすることも？」

「お詳しいようで」

ヘンリーは苦笑いした。遺伝子治療に関しても、公表されていない部分は多いらしい。

「将来的にはそんなことも可能になるのかも知れません。今でも、特定の遺伝子が原因となる病気にたいして、遺伝子を修正することによる治療は行なわれています。しかし、長期の冷凍睡眠による放射線障害を治療するのには向いていません。放射線は、全身の遺伝子に対してランダムに攻撃して破壊します。だから、治療にはオリジナルの遺伝子をバックアップして、その通りに並べ直せばいい」

理屈は合っているが、よくできた詐欺のやり方を聞いているような気分を覚えた。どこかに穴があるのではないだろうか。

「全身の遺伝子をチェックして、元通りに修正するのですか？」

私はさらに質問を重ねた。

「どうやって？」

「医療用ナノマシンを使います」

「全身に？」

「少なくとも、全身の細胞の何パーセントかには必要でしょうね。ただ、放射線障害はよほど急性のものでない限り、生体の代謝によって進行します。壊れた遺伝子が、そのまま暴走して急速に細胞分裂するわけではない。損傷の激しいところから治していけば、余裕を持って修正できます。だから、最初からすべての細胞にナノマシンを準備しておく必要はない」

ヘンリーの口振りで気付いた。

「もう、そこまで動物実験が進んでいるんですね」

ヘンリーは頷き一つで認めた。

「遺伝子修正用のナノプラントを埋め込んだ動物を放射線環境に置いた実験は、すでに行われていて、満足できる結果が出ています」

なにかコメントしようとしたが、言葉が出てこない。放射線環境で欠損した遺伝子が修正可能なら、それはつまり、放射線障害の治療が可能になるということである。

「ただし、現時点ではいくつか条件があります」

また先回りするように、ヘンリーは説明を続けた。

「ナノマシンによる遺伝子修正を行うためには、患者が健康な状態で遺伝子のバックアップを取っておく必要があります。理想的には、放射線障害が起きる前の健康で完全な遺伝子の配列が完全にわかっているのが望ましい。ナノマシンは遺伝子配列を修正できますが、どのように修正するのかについては正解が必要ですから」

　私は頷くことしかできなかった。

「それから、ナノマシンによる遺伝子治療は、瞬時に行えるものではありません。遺伝子配列を解析し、破壊された部分を修正するにはある程度の時間はかかります。だから、例えば恒星の近傍や原子炉の至近距離などで大量の放射線照射を受けた場合には、治療が間に合わなくなるケースもあります。低温治療などで代謝を下げて遺伝子治療を優先する手もありますが、そのあたりはまだ実験段階ですね」

「放射線環境下での健康な生活を保証するほどのものではないのですか」

「現段階では、まだ」

　ヘンリーは首を振った。

「将来的に、放射線が破壊する速度よりも早くナノマシンが遺伝子を修復できるようになれば、生存も可能になるかも知れません。しかし、そんな環境下では遺伝子だけではなく細胞まで破壊されますから、遠隔操作のロボットなり別の手段を持ってくる方が合理的だと思いますが」

「あ」

　言われてみれば当たり前である。極限環境下で活動するためのロボットが実用化されて久しい。

「現時点でも長期にわたる冷凍睡眠での放射線障害を治療する手段は確立されつつあります。

となると、問題はいかに健康状態を保ったまま急速冷凍するか、ということですが」

「解凍は可能なのですか？」

「冷凍よりずっと簡単です」

ヘンリーはにやりと笑った。

「チキンを冷凍するのは工場でなければできませんが、解凍するなら台所の電子レンジでも用は足りる。冷凍したものを内部から温めることは一般家庭でもできますよね。デリケートな温度調整も可能ですし、急速解凍することもゆっくり時間を掛けて解凍することもできます。ただし、大昔に将来的な技術の進歩に期待して液体窒素で冷凍保存された患者を生き返らせることは現在の技術でも不可能です」

「保存に問題があるのですか？」

「保存状態は、過去の患者も現代の冷凍睡眠もそれほど変わりはありません。大きく違うのは、冷凍手順です。昔は冷凍するのに時間がかかりすぎて、細胞が破壊されていることが多かったのです」

「急速冷凍しないと駄目、ということですね」

「そうです。それも、零下一〇〇度の大型冷蔵庫に放り込むとか、マイナス一九六度の液体窒素に漬け込むとかの手段でも、まだ遅いのです。人の体温はプラス三六度強くらいですが、その比重はほぼ水と同じで、体重分の容積全部が体温と同等の熱量を維持している。全身の細胞を破壊することなく冷凍するには、数十兆に及ぶ細胞全てを瞬時に冷凍しなければならない。つまり、全身の熱量を、表面から深部に至るまできわめて短時間に除去する必要がある」

「どうするのですか?」

冷凍睡眠は、実験室レベルでは確立している技術だと聞いた。しかし、具体的な方法はイメージできないし、わかりやすい説明も読んだことがない。

「絶対零度に近い、液体ヘリウムを使うのですか?」

「いいえ、冷媒は使いません。熱移動では、今の技術では細胞を傷付けずに冷凍することはできません」

「では、どうやって?」

「ノイズキャンセリングという技術をご存知ですか?」

医師は話題を変えたように見えた。どう関連するのだろうか。

「騒音に対して、逆位相の音波を重ねることによって、騒音を聞こえなくする技術ですね?」

「そうです。体温、つまり温度は、先ほども説明したとおり、分子の振動です。MRIなどの手段により、体内の温度分布は精密に測定可能です。では、分子の振動を停止させるために、逆位相に振動する電磁波を当ててやればどうでしょう?」

「分子の振動が停止する?」

言いながら、自分の言葉を信じられなかった。騙されているような気がする。

「ほんとに？」

「理論上可能なことならば、実現可能です」

医師は世間話のような気軽さで言った。

「もちろん、簡単ではありません。体表面から深部までの正確な熱分布を測定し、それに応じた逆位相の振動を与えるような強磁気を集中照射する必要があります。また、標的の熱を奪ったら、その瞬間に磁気照射を停止しないと今度は逆に加熱することになります」

「……可能なのですか？」

「説明するのと実践するのが別物くらいには困難です。最初は二センチ四方の水を凍らせるためだけにビルひとつ分の設備が必要になりました」

「そんなに？」

「極端な話、冷凍するものの分子の振動全てを正確に測定し、磁気を照射する必要があるのです。だが、開発の結果、測定機器も照射制御も効率化が進みました。例えば、すべての分子に対してその振動を相殺する電磁気を照射する必要はありません。ひとつの分子の振動を強制停止できれば、隣接する分子の振動も停止します。目的は全分子の熱振動の停止ではなく、細胞を破壊する間も与えずに急速冷凍することですから」

「それにしても、ビルひとつ分だなんて」

「そうですね。宇宙空間で使うには、せめて宇宙船に搭載できるまでの小型化が必要ですが、今は体重数十キロの大型哺乳動物を冷凍するのに大きめの実験室ひとつまで小型化されています。必要な装置も小型化が進んでいますから、将来、人類が恒星間空間をわたるために冷凍されるようになるころには、ベッドひとつで間に合うようになっていると思いますよ」

「それは何年後ですか？」

「数年のうちには冷凍と解凍を安定して行えるようになると思います。半世紀後、二〇年も経てば、ナノマシンとの併用で、冷凍睡眠は安定した技術になるでしょう。半世紀後、最初の有人恒星間宇宙船が太陽系を旅立つ頃には、安心して使えるようになっていると信じています」

「半世紀」

無人の恒星間探査船、レッドコメットを作ったアドラー・シュミット教授も、似たような数字を口にしていた。

半世紀後では、全てのスケジュールが予定通りに進んだとしても、発進した恒星間探査機はτ星系には到着していない。しかし、最初のレーザーセイラーからの通過観測データは地球に届いているはずである。また、無人の恒星間探査船も減速段階に到達しており、搭載した観測機器により太陽系から行うより高精度の観測ができているはずだった。

「そのころまでには、画期的な技術的飛躍《ブレイクスルー》ができているでしょうか」

「正直に言えば、もう技術的飛躍《ブレイクスルー》はないと思っています」

意外なことに、ヘンリーは笑って首を振った。

「冷凍睡眠に必要な基礎技術はすでに完成したと言えます。業界の中から見ていれば、技術の進化はじれったくなるほどゆっくりとしか進みません。でも外から見れば、魔法のような技術がいつの間にか当たり前になっているでしょう。ナノマシンによる遺伝子治療も、放射線障害だけでなく応用範囲は広いですし、冷凍睡眠も非常時の避難手段をはじめとして、特別ではない技術になっていくはずです」

「未来は明るい、というわけですね」

私はヘンリーに笑い返した。

「今回の取材で、いちばん明るい話を聞いたような気がします」

「それはよかった。ところで、こちらからも実は相談があるのですが」

「なんですか?」

ヘンリーの笑顔になぜか不吉な予感を覚えて、わたしは身構えた。

「冷凍睡眠を体験する気は、ありませんか?」

「はい?」

私は思わず医者の顔を見直した。

「私が?」

ここまでの会話で何か間違いを犯したかどうか考えてみる。思い付かない。

「なぜ私なんですか⁉」

「あなたは、宇宙生まれの第一世代だ」

私の頭のてっぺんから爪先まで見て、ヘンリーは言った。

「Dスターでの医療記録も、遺伝子サンプルも、健康診断の結果も完全に揃っている。これほど完璧な記録を持っている人間はなかなかいません。冷凍睡眠前後の変化を比較するのに、誕生直後からの記録と付き合わせることができる人間は貴重な存在なのです」

医師の誘いが医学的興味から出ていることを知って、私は納得した。この取材にも自分の立場は利用しているし、正体を隠す気もない。

「なるほど、そういうことですか」

「もちろん、すぐにとは言いません。仮に今ここで冷凍睡眠実験への協力を承諾していただいたとしても、各種の診断が必要になり、少しでも冷凍睡眠に支障があれば実験に進むことはありません」

医師は冷静に淡々と説明する。自分の中でメリットとデメリットを両天秤にかけていることを自覚しつつ、私は訊いてみた。

「冷凍睡眠実験に協力したら、どんなメリットがありますか？」

「最新技術をその身で体験できます」

医師はそのことに価値があると疑っていないようだ。

「いえ、それよりも、ルポライターの立場では知り得ない現場をあなた自身が体験できるほうが大きいかな。実験に協力してくれれば、あなたは自動的に内部の関係者になります。もちろん、守秘義務は発生しますが、ナノマシンと冷凍睡眠医療の最前線をあなた自身の身体で知ることができます」

「事前検査の段階で、実験に協力できないことが判明したらどうなりますか？」

「その場合でも、今回の取材では私が話せない守秘義務が発生する事柄について知ることができるでしょう。また、実験に協力してくれたこと、そのために現時点までの医療記録を開示してくれたことに対して報酬が発生します。実際に冷凍睡眠実験段階まで進めば、受け合いましょう、寝ているだけで儲けることができますよ」

「期間は？」

「最短の実験は二週間です。それまでに、必要な健康診断及び身体検査があり、さらに最適な冷凍パターンを生み出すための時間がかかりますが、その間は普通に日常生活をしてもらって構いません」

「睡眠中の安全は誰が保証してくれるのですか？」

考えたつもりの質問だったが、ヘンリーは即座に返した。

「あなたは、自分の睡眠中の安全をどうやって確保していますか？」

あきらかによくある質問だったのだろう。逆に訊かれて、私は考えた。

「自分の部屋には鍵をかけます。寝る前に、周辺状況に関して情報収集して安全を確認します」

「異常気象や戦乱に関しては、それで対処できますね。地震のような天変地異に関しても、ベッドを置く場所を選ぶことである程度対処はできる。では、突発的なテロリズムを含む戦闘攻撃行為や、知らないあいだに疫病が発生していたなどという場合はどうしますか？」

「それは……」

　寝る前にそこまで考えたことはない。戸惑う私に、ヘンリーは何気ない顔で続けた。

「あなたの冷凍睡眠中の安全は、国軍によって保障される、としたらどうです？」

「こ、国軍⁉　ですか⁉」

　私は驚いて聞き直した。医師は簡単に頷いた。

「ナノマシン医療にも、冷凍睡眠技術にも、軍高等研究所《DARPA》が嚙んでいます。このあたりまでは調べれば出てくるので、守秘義務はありません。冷凍睡眠中の被験者の財産や生命を守るために軍の出動が必要になった事態は今までにありませんが、実験が長期に及べばその可能性が増えることは否定できません」

「……つまり、守秘義務も、会社に対するものではなく国家に対するものだと思った方がいい訳ですね？」

「それだけの価値はあると思いますよ」

ヘンリーは意味ありげに笑ってみせた。

「なにせ、星をわたるための技ですから」

後日あらためて返事をすることにして、その日は医師と連絡先を交換して帰宅した。

取材先は地球全域に拡がっているから、ホテルに泊まる機会は多い。そのときは、できるだけ古い伝統あるホテルを使うことにしている。最新設備が整っている現代風のホテルは宇宙で暮らしている時からさんざん使っている。せっかく外泊する機会があるなら、いつまで残っているかわからない古い施設の方がいろいろ楽しめる。

わざわざ探して予約したオールドタウンのクラシックなホテルの部屋で、私は携帯端末に借りてきた冷凍睡眠実験に関するガイドを起動した。

ネットワークに接続されている携帯端末から、ガイドランチャーに接続する。本人確認のあと、ディスプレイの画面に営業用のデフォルメされたキャラクターが出現した。

『はじめまして。冷凍睡眠についてのご案内をさせていただきます。オーロラと呼んでください』

専門分野に関するガイドキャラクターには登録された携帯端末でないと接続できず、また秘密保持のために記録もしないように言われていた。

昔なら、機密とかコピー不可などのシールがべたべた貼られた資料ファイルが貸し出されたのかも知れない。ネットワーク経由のガイドと話すだけなら、ファイル返却の手間もない。

私は、オーロラと名乗ったどこか古風なヘアスタイルのデフォルメキャラを相手に、今日の取材の確認のつもりでいくつもの質問をした。ガイドにこちらの認識や理解度を伝えるためにも、最初のうちは当たり障りのない会話をした方がいい。幸いにして、急がなければならない状況でもない。

私自身の遺伝子を含む個人情報は病院に伝わっていないから、私自身が冷凍睡眠に適合するかどうかは現時点ではまだわからない。

冷凍睡眠への適合可否は、冷凍できるかどうかよりも目覚めることができるかどうかのほうが問題だという。オーロラの説明によれば、冷凍と覚醒には厳密な身体測定が必要だが、身体条件はそれほど問題にならないことが多いという。また、冷凍前に問題になるような病気や障害が発見された場合、その治療も可能だという。

それよりも、解凍時の体調調整のためにあらかじめインプラントされるナノマシンとの相性が問題になるらしい。

インプラントされるナノマシンは、被験者個人に合わせて念入りに調合される。ナノマシンは被験者自身の遺伝子情報を保持する。だから、双子のように完全に同一な遺伝子情報をもつ被験者でもない限り、同じものを使うことはできない。しかし、いちどインプラントされたナノマシンはあとからいくらでも再調整できるから、安全性は高い。また、新規技術だけに進化も早く、インプラントしたままのバージョンアップにも対応している。不要になったナノマシンは活動を停止し、老廃物として体外に排出される。

興味本意でインプラントにかかる費用を質問した私は、オーロラの答えに仰天した。

「国軍が警備保障に入るわけだ」

それでも、オーロラの説明によればナノマシンの製造単価はずいぶん下がっているらしい。ひとりに対して無数とも言える量産が必要だが、自己複製能力を持たせることで効率的かつ高速に生産できるようになっているという。

それにしても、私専用に調合されるナノマシンの製造予算だけで、約束される報酬と桁が違う。

「そんな高額な実験に協力したら、そのあと抜けられなくなりそうじゃない？」

もし一回目の冷凍睡眠実験が成功した場合、その後にどんな実験への協力が要請されるかも質問してみた。

最初は二週間。これは、被験者が冷凍睡眠実験とナノマシンに対してどれほど適合するかどうかのテストのようなものである。良好な結果が得られれば、さらに長期の冷凍睡眠実験のオファーがある。

期間としては三ヶ月から最大二年、将来的にはそれ以上の長期実験もある。現在、もっとも長期の冷凍睡眠実験は一〇年、覚醒予定は八年後らしい。

もし、冷凍睡眠実験中に、起床を必要とする不測の事態が起きたらどうなるのか？ ガイドキャラクター、より正確にはオーロラを教育したスタッフは、ありとあらゆる事態を想定して質問と答えを用意していた。

もし、実験施設が天変地異や戦争などで被害を受けた、あるいは被害を受けることが予想される場合、被験者はその安全を第一に扱われる。覚醒には時間がかかるから、冷凍睡眠を維持したまま他の安全な施設に移動するか、あるいは予定にない覚醒を行って避難する。

不測の事態が、被験者の関係者に関する場合は、さまざまなケースが想定されている。例えば、肉親が事故などに遭った場合どうするかについて、被験者はどんな場合なら冷凍睡眠実験を中断するかについて、細かいリストを提出することができる。

「二週間くらいならともかく、半年以上になると何が起きるかわからないものねえ。まあ、惑星間旅行にでも出掛けたと思ってもらえばいいか」

しかし、長期飛行が必要になる惑星間飛行でも、連絡が取れなくなることはない。太陽系内を飛ぶ宇宙船は全てカタログ化され、現在位置もすぐに確認できる。

リアルタイムでの会話が成立しなくなるほど遠距離を飛んでいる宇宙船《ふね》も珍しくない。だが、メールやメッセージの形で連絡は取れる。

「冷凍睡眠中はそれもできない、か」

疑似人格ＡＩを作って、届いたメッセージに返事をさせることもできる。現在の代理ＡＩ

は現実の自分とそう違わない返事をし、必要ならばもっと合理的な判断をしてくれる。

「わざわざ代理AI《エージェント》を用意するほど連絡が集中することもないだろうけど」

冷凍睡眠中の状態は、重大事故で昏睡状態に陥っているに等しい。居場所はわかっていても本人とはコミュニケーションできない。ただし、覚醒日時はわかっている。

「てことは、状況としては旅行に出掛けた、よりも刑務所で禁固刑って考える方が現実的かしら」

収監されても、外部と完全に切り離されるわけではない。刑の程度や服役態度にもよるだろうが、囚人は手紙を書いたり受け取ったり、電話をしたり面会したりすることもできる。

しかし、長期にわたる冷凍睡眠実験に協力することになったら、ちょっと言えない罪で刑務所にはいることになった、と友人たちに報告する誘惑には耐えられるだろうか。

実際に協力することになった時のことは、その時に考えればいい。

二週間ほど考えて、私は冷凍睡眠実験に協力することにした。

あとから考えても、それが私の人生の重大な岐路だったのだと思う。

私は、冷凍睡眠実験に協力することで、自分の人生の時間を自由に跳ばすことを覚えた。

「オーロラ」というガイドの名前が、昔話で有名な眠り姫から取られていることに気付いたのは、ずいぶん後になってからだった。

第十一章　メイア・シーンによる冷凍睡眠実験レポート

冷凍睡眠とナノマシン医療には、軍高等研究所の予算が入っている。そのため、開発中の技術は軍事機密であり、私はそれに協力することにより守秘義務を負うことになった。だから、これから先のレポートには当局の検閲が入ることになる。公開されるレポートには検閲により削除された部分があると思うがご容赦されたい。

実験に協力するという返事を出してから一週間後に、わたしはマサチューセッツ州ボストン市のリンカーン記念病院に赴いて精密検査を受けた。

宇宙で生まれ育ったから、健康診断はわたしの人生の一部である。宇宙生まれの第一世代に限らず、宇宙に生活するものは、日常的に健康診断を受けて異常の早期発見に努める。だから、健康診断には慣れているつもりだった。最新設備を使って行なわれる健康診断は多種の診断をどれだけ短時間で終わらせるかを売り物にしている。髪の毛一本、血液一滴あれば終わる診断も多い。

だが、リンカーン記念病院で一週間にわたって行なわれた健康診断は、髪の毛の一本一本からつま先の細胞のひとつひとつまで調べ上げるような徹底的なものだった。

並行して、自分が協力する実験についてレクチャーを受ける。

専門的な座学を希望したからか、レクチャーには冷凍睡眠の専門医だけでなく、機材を開発した技術者や将来的な運用を構想する研究者まで出てきた。通常、被験者はそこまでの説明を求めないから、私のためにいろいろ準備してくれたのだという。

私は医学も医療機器も、高度技術機械に関しても専門教育を受けていない。せめてどれかひとつのジャンルにでも専門家と名乗れるだけの知見と蓄積があれば、確実な理解ができたのではないかとも思う。しかし、ひとりの頭脳が生涯に得られる知識には限界がある。中途半端でも視界さえ大きければ全体としてそう間違った理解にはならないのではないかと期待しつつ、レポートに関しては専門家にチェックしてもらうことで可能な限り正確を目指すことにする。

最初の取材で聞いた医師の説明は充分に専門的なものだと思っていたが、実際に冷凍睡眠する立場で講義を受けると、それはごく表層的なものでしかないとわかった。

全身を急速冷凍するために、人体を構成する分子の熱分布と振動を正確に測定し、逆位相の電磁波を浸透させる。それにより熱振動を静止させ、人体全部を急速冷凍するのだが、そのために使われる技術は最先端の軍事技術だという。

正確に目標の分子に向けて逆位相の電磁波を照射する技術は、無数の目標を正確に追尾する軍事用高精細レーダーの応用である。それも、人体用のスキャナーと受信したデータを瞬時に解析するソフトウェアはそれぞれ別の技術で、これを組み合わせれば乱射される機関銃弾をひとつずつ迎撃できるほど高精度のものができるらしい。

前に対空対ドローン用兵器のデモンストレーションで見た、雲霞《うんか》のようなバッタの大群をスキャンするように灼いていくレーザーシステムには、冷凍睡眠のための技術が入っている。

ここまで説明されて、私は冷凍睡眠と軍事技術の関係の一端を見た気がした。

また熱分布を精密に解析するスキャナーの開発により、広範囲を対象とする直接攻撃用レーダーの精度も上がった。

ありとあらゆる先端技術はまず軍事に使われ、次に娯楽に投入されるという進化の手順は授業で聞いたが、自分の身体に使われるものだと思うとそれが実感できる。

綿密な健康診断と、身体データの解析が終了して、やっと私の身体が冷凍睡眠実験に充分に耐えられるだろうとの結果が出た。

最初の二週間の実験は、その結果を確認するもののような位置づけである。

冷凍睡眠実験はやっと人体実験の段階に進んだばかりであり、その被験者はまだ三桁に満たない。

冷凍睡眠に向いた体質の有無、実験によりどんな不具合や問題点が出るのかはまだ検証中である。実験開始前、冷凍前の検査で異常が発見されなくても、その後のどこかの段階で問題が出る可能性は否定できない。

最初の実験から覚醒すれば、再度念入りな健康診断と身体検査が行なわれる。その結果次第で、次はさらなる長期の睡眠実験に協力するオプションが提示される。

あとのことは無事に目覚めてから決めればいいとして、私はまず目の前の二週間の冷凍睡眠実験に協力する準備を開始した。

全地球でまだ二桁しかサンプル数がいない冷凍睡眠実験に協力することについては、家族、肉親、親しいパートナーにも詳しい事情は告げないように言われた。

周囲を心配させたくなければ、架空の事情を説明しなければならない。

念の入ったことに、実験プログラムには二週間にわたって完全に連絡が取れなくなる事情説明につかえるケースがいくつか用意されていた。極限環境下を想定した閉鎖環境滞在実験、海軍の原子力潜水艦同乗体験で極地航海、洞窟探検や宗教修行取材などだ。

いくつもあるプログラムの中から、私は原子力潜水艦による北極海クルーズを選んだ。中央アジア奥地での宗教施設密着取材は、今までの私の興味の範囲から外れすぎて、私を知る友人たちから怪しまれてしまう。

選択したプログラムでは、実際には体験していないレポートを書いてアリバイを作れるくらいの資料も渡される。その記事を買ってくれる媒体があるかどうかはまた別の問題だが、知り合いへの説明には充分だろう。

実験期間は二週間だが、開始三日前から入院して食事制限を受ける。内臓にカメラを入れる健康診断のように、冷凍時には胃の内容物、排泄物など不要なものはできるだけ少なくするという方針だという。

実験は、可能な限り被験者が健康かつ良好な状態のまま行ないたい。将来的にデータも溜まり、さまざまなケースへの対応ができるようになればいいのだろうが、まだその段階ではない。

冷凍睡眠中に起きる不具合については、解凍後に治療される。いままでの実験では、特別な治療が必要になるほどの症状は出ていない。動物実験段階ではいろいろと無茶な条件を設定して、安全範囲の見極めが行なわれている。

ナノマシンのインプラントは、今回は行なわれない。理由は、ひとえにナノマシンが高価にすぎることによる。また、冷凍睡眠実験だけなら、ナノマシンによる遺伝子治療が必要な事態はないだろうとの予測にもよる。

正直に言えば、冷凍睡眠に関する勉強だけで手一杯だったので、ナノマシンの座学を後まわしにできたのはありがたかった。この段階ではナノマシン医療に関する実験協力依頼は来ていない。

しかし、この実験のために綿密な健康診断と身体検査、遺伝子を含む生体データが取れたので、将来的にナノマシン医療実験の協力を要請される可能性は高いだろうとのことである。

研究所で、冷凍睡眠実験後の動物を見る機会があった。

カフェで飼われているのかと思った猫数匹と人なつっこい犬は、最大二年の冷凍睡眠実験の経験者だという。現段階で覚醒後の不具合は確認されていないが、追跡調査のために定期検診が行なわれている。実験室のケージの中だけではストレスが溜まるので、カフェの番犬、番猫の体裁をとっているのだという。

猫のなかでもとりわけ愛想のいい何匹かを撫でさせてもらった。比較のために冷凍されていない猫も何匹かいたが、私程度の観察力ではその違いはわからなかった。かなり厳密な調査を行っても、冷凍経験があるかないかはわからないほど技術力は上がっているのだという。

カフェには、最新冷凍、解凍技術を使った生鮮食料品のメニューもあった。もちろん喜んで試してみる。生魚を小さな米の塊に載せた寿司メニューは美味だったが、比較対象となるべき本物の寿司を食べたことがないのに気付いたのは食べ始めてからだった。

宇宙空間を除けば、今までに体験したいちばん寒い場所は、オーロラを見に行ったノルウェーの北極圏だった。零下三〇度に凍り付いた大地と、その上空に舞う光のカーテンは、ぬいぐるみのように着ぶくれた防寒具の重さといっしょに私の中の大事な記憶になっている。

私の平熱は三六度強であり、低体温症の体験もないから、生まれてから今までの体温の範囲は平熱を中央値として数度の範囲に留まっているはずである。寒冷地帯の低温を経験したことはあっても、自分の身体が凍傷になるほど冷えたり、文字通り凍り付いた経験はない。

冷凍睡眠実験では、全体に三六度、深部ではさらに高いこともある人体を一気にマイナス九六度まで冷却する。この温度なら細胞構造を損なうことなく生体をガラス化できる。マイナス九六度以下なら、保存する温度はあまり問題にならない。

地球上でもっとも普通に手に入る窒素を冷却圧縮して得られる液体窒素は零下一九六度であり、細胞構造を損なわない冷凍保存に充分な低温を保てる。

冷凍睡眠中の零下一〇〇度以下に凍り付いた状態は、医学的には死んでいるのと同じらしい。

もし、高額な死亡保険をかけて冷凍睡眠実験に臨んだら、保険金は払い出されるのだろうか。

カイロン物産法務部の弁護士、ケイ・ミスミに相談してみた。

「もし、保険会社が冷凍睡眠実験の詳細を知らずに事態を確認したら、保険金は払い出されるでしょう」

ケイはにやりと笑って答えてくれた。

「ただし、解凍後に全額の返金を求められるでしょうね。死亡保険を受け取った当人が生きているのだから」

「解凍後に保険会社のスタッフと会わないように注意すればどう?」

「保険会社に知られなければ大丈夫でしょうね。しかし、保険金詐欺に該当しますよ。それに、うちのグループにはもちろん保険会社もあります。冷凍睡眠実験前に保険会社と契約するなら、サインする前に規約を隅から隅まで読み込んで、冷凍睡眠に関する条項が追加されていないかどうか確認することをお勧めします」

医学的に死亡判定が出たあとに、生還した例はいくらでもあるそうである。死亡保険が払われた場合、生還後に返金を求められて裁判になることもあり、ほとんどの場合は規約に書き加えられて、ルールの穴はどんどん塞がれていく。

自分自身が凍り付いて、二週間とはいえ医学的にも生物学的にも死ぬのと同じ状態になる。そのことについて自分がどう感じるのかはかなり考えてみた。結局のところ、ちょっと複雑な手術を受けるくらいの不安しか覚えなかった。

冷凍睡眠実験中の状況を見る機会もあった。

大きさに合わせて作られた冷凍カプセルの中で眠っていた実験用モルモット、犬、そして人間は、予想に反して霜に覆われてなどいなかった。

見学をアテンドしてくれた医師の説明は明快だった。冷たいものにみっしりと霜が付くのは、大気中の水分が氷として固定されるからである。カプセル内の空気は呼吸可能だが、冷凍時の不純物の混入を避けるために湿度はゼロにまで除去されている。湿度程度の水分でも、冷凍、解凍時の精密な温度制御のノイズになるし、制御できない条件になりうるのだという。冷凍カプセルの分厚い耐熱ガラスの向こうで、モルモットも犬も、もう二ヶ月めに入っているという現在冷凍睡眠実験中の女性も、眠っているようにしか見えなかった。ただ、ガラスの内側は零下一二〇度以下に冷却されていて、そこに生きて動くものはいない。

だが、冷凍されるもののサイズに合わせた大小の分厚いカプセルに死は感じなかった。冷凍カプセルは、地球上でもっとも安定している場所のひとつである北米大陸の安定陸塊にあるコロラド州、コロラドスプリングスに近いブルー山の地下に建設された基地の中にある。

かつて核戦争を戦うために建設された北米防空司令部《NORAD》のバックアップとして建設開始されたものの、冷戦終了とともに未完成のまま計画は中止された。シャイアン山の地下深くで稼動していた防空司令部も地上に出て来たが、二一世紀に入ってから核電磁攻撃《EMP》防御のために通信司令基地としてふたたび動き始めた。

シャイアン山のNORADのバックアップとして計画されたブルー山の地下基地は、更新されたシャイアン山の基地装備の保管場所としてゆっくりと建造再開された。

地球上でも数億年単位で安定した岩盤であり、都市部から離れて機密保持にも向いているため、地下基地はさまざまな用途に使われた。都市伝説によれば、うっかり甦《よみがえ》らせてしまった太古の怪獣や一〇〇万年の保存が必要な核のゴミも封じられているという。全米最大の、ということはおそらく太陽系でもっとも充実した冷凍睡眠実験設備は、このブルー山の地下数百メートルの岩盤をくりぬいて建設された。完全に意識を失って長期間冷凍保存される立場としては、ベッドがある場所は安心して眠れるところがいい。たった二週間の実験のためにこれだけ厳重に守られた施設に入れる、というのはやはり安心感に繋がる。ここならば、地震や戦争が起きても安心して寝ていられるだろう。少なくとも、自分の家よりは安全だと判断できる。

私のための冷凍カプセルは、大きな部屋にパイプオルガンのような複雑な付属設備を従えてたったひとつが置かれていた。実験ごとに改良を施される実験カプセルの中でもっとも大きな人間用、製造番号は実験に供されているカプセルの中で最新のものから二つ目、このロットでの最終型であり、信頼性は現在あるものの中で最高。

おそらく全ての被験者に同じ宣伝じみた説明が行なわれているのだろう。自分一人のために巨大な設備と多数の人員が用意され、稼動しているのは、自分で引き受けなければならない危険性を差し引いても悪い気分ではない。

実験に協力するものに、さまざまな権利を放棄する書類へのサインは求められないのか訊いてみた。

「そんな書類にサインしたい、ですか?」

ケイ・ミスミは冗談めかした顔で言った。

「それは、できればしたくありませんが」

「ですよね。我々も、できればそんな汚れ仕事に手を染めたくはない」

ケイは照れ臭そうな顔を見せた。

「これは、我々の誠意で、善意だと思ってください。我々は、あなたを冷凍して解凍するのに全力で最善を尽くします。その過程でなにも起きないとは断言できないし、必ずあなたを無事に目覚めさせるとは約束できない。それでも、あなたは我々を信用して実験に協力してくれる。だとすれば、我々はあなたをできる限り安楽な状態で冷凍し、解凍します。すべてがうまく行けば、権利放棄の書類など使う機会はありません。関わるスタッフ全員がそう願っています」

「あら珍しい」

私は精一杯驚いた顔をしてみせた。

「法律の専門家が、性善説や楽観論を口にするところを見られるなんて」

「何事にも建前がありますから」

ケイは悪そうな笑みを浮かべた。

「この業界に伝わる古い言葉を教えましょう。曰く、死人に、口なし」

「口のない死人の代弁をするのがお仕事、でしたっけ？」

私はできるだけ魅力的に見えるはずの表情を作って答えた。

「この実験に参加する、ということは、私もあなた方と同じ側に立つということです。もしなにかあったら、最善を尽くしてください」

「かしこまりました」

ケイは意外なほど真面目な顔で頷いた。

「必ずご期待に添うことをお約束しましょう」

少し考えて、私は言った。

「今のは、書面に起こしてもらえますか？」

ケイはわざとらしく考えるふりをする。

「では、次に会う時までには」

「楽しみにしておきます」

冷凍当日の朝はいつもと変わらない、ということになれば少しは楽だし読者の意表を突くこともできるのかもしれないと思うが、そんなことはなかった。

冷凍睡眠に入る一週間前から、食事制限が開始される。具体的には暴飲暴食は禁止され、禁酒禁煙も申し渡される。

三日前にはコロラド州コロラド山脈のブルー山にある冷凍倉庫と呼ばれる実験施設に入って、健康診断、身体検査とともに制御された食事を摂ることになる。

冷凍前の食事は、前日の昼食が最後になる。内臓検査をするときのように、冷凍前にはできるだけ体内を空っぽにしておきたいから、冷凍当日は水しか呑めない。

そして、ちょっと意外なのだが、冷凍睡眠は朝起きて身支度を調え、最後の健康診断を受けてから開始される。

冷凍睡眠は、生体を急速冷凍する。その状態のまま解凍されるから、病気に感染した動物を使った実験では感染状態そのままに解凍された。世間一般の睡眠という言葉のイメージと違って、寝不足のまま冷凍されれば、寝不足の状態のまま解凍されることになる。

だから、冷凍前はできる限り健康かつ完全な状態のまま冷凍を開始するのだそうである。

しかし、空腹のままの就寝で前夜の眠りは浅かった。

常用している薬はなかったし喫煙の習慣もない。入所後の分量までコントロールされた食事のおかげもあって、私の身体状態は成人後もっとも健康な状態になっているはずだった。

水だけの朝食のあとの最終診断で問題ないことが確認されてから、わたしは自分が冷凍されるカプセルがある巨大な冷凍倉庫に入った。

冷凍カプセルの内側は、紡錘系に加工されている。上下半分ずつに開くその内側には伸縮する極薄繊維のシーツがハンモックのように張られ、どんな体型にも対応するようになっている。

実際には体脂肪率制限がある。断面積が大きすぎると急速冷凍のための逆位相電磁気が身体深部まで届かないらしい。

カプセルの内側で眠るものを支える極薄繊維も、冷凍前の身体スキャンと逆位相電磁気を妨げないように新開発されたものだという。同じ素材が専用の寝間着にも使われている。身体スキャンは、日常的に使われている素材を着ているだけで精度が変化するほど微妙なものらしい。

カプセルに入る前に、口と鼻を覆う簡易カバー付きのスプレー缶から催眠ガスを吸う。あれだけ念入りに体内の薬物やアルコールを除去したのに、冷凍寸前に麻酔用とはいえガスを入れるのは悪影響がないのかと思ったが、それよりも冷凍時に対象を完全に静止させる方が大事らしい。

人の身体は、熟睡時でも呼吸しているし脈拍も止まらない。呼吸し、脈打ち、体液を循環させ、不随意運動する生体は動いているのも同然の状態だという。

急速冷凍は、細胞だけではなく循環する体液にも同時に冷凍しなければならない。人体にあるすべての分子の熱振動を追跡するのに必要なリソースは全地球を同時に観測する衛星ネットワークをはるかに上回るそうで、私はゆるやかな眠気を感じながら自分一人にそれだけの設備が使われる状況をイメージしようとした。

ナノ単位のフェイズド・アレイスキャナーが分厚く層をなす冷凍カプセルのカバーは、機械仕掛けでゆっくり閉じられた。カプセル内が闇に閉ざされ、私は暑くもなく寒くもない冷凍カプセル内の快適なシーツに支えられて目を閉じた。


解凍された時、身体は冷凍された状態をそのまま保つ。

私も冷凍前に吸った麻酔ガスが効いた状態を保っていた。意識がなく、麻酔された状態のまま解凍されてから、念入りな身体検査で冷凍、解凍による不具合がないかどうか調査される。

問題があれば治療を受け、なければそのまま自然な目覚めを待つ。

だから、私が次に目を覚ましたのは病院用個室のベッドの中だった。

冷凍睡眠用の麻酔ガスは、事前の実験調査で体験していた。あの時も、寝たという実感もなく意識を失い、次に目覚めた時はほんの数分後だと思ったくらい時間経過を感じられなかった。

「お目覚めですか?」

冷凍中も解凍後も、身体状態は常にモニターされる。担当医師は、私の身体データからそろそろ起きる時間だと知って看護師ともどもベッドの枕元で待ち構えていたらしい。

冷凍カプセルの中で目を閉じたはずなのに、ふたたび目を開いたら人工的な光で満たされた個室のベッドの中、というのは瞬間移動したような気分だ。自分がおかれた状況を思い出すのに時間はかからなかった。あきれたことに、これから実験に臨むという高揚感と不安感までまだある。

「おめでとうございます。実験は成功です」

医師は、今日の日付と時刻を教えてくれた。冷凍睡眠カプセルに入ってから一五日後。私の実験は予定通り一四日間行われ、無事解凍成功、のちの経過にも異常は感知されなかったという。

「自分の身体におかしいところはありませんか?」

麻酔ガスによる睡眠は、通常の睡眠と大きく違うところがある。寝相が非常によくなるのだという。

事前の検査で、私の寝相はあまりよくないことが判明していた。就寝中の寝相が悪いのは、身体の神経と筋肉が正常かつ活発だからだそうで、どちらかといえばいいことだそうである。ところが、寝相がよくなるということは就寝中にほとんど身体が動かないということである。

「おはようございます。大丈夫です」

返事をして、わたしはベッドから身体を起こそうとした。

「あいたたた」

寝過ぎた時のように節々に鈍い痛みがある。看護師がすかさず手を貸そうとする。

「大丈夫ですか？」

「大丈夫だいじょうぶ、麻酔で寝たおかげでちょっと関節が痛いだけで、すぐ治ります」

「医学的には、あなたの身体は実験前と同じ健康体です。しかしどんな見落としがあるかもわかりませんから、何か異常があればすぐに申告して下さい。さしあたり、何か希望はありますか？」

少し考えて、私は答えた。

「世界に、なにか変わったことはありましたか？」

医師は笑った。

「今日の天気は快晴です。あなたが眠ってからこの辺りでは例年通りの竜巻がいくつか発生しましたが、それほどの被害は出ていません。南アメリカの大統領選挙とか、アジアでのストライキ戦争とか、代わり映えのしないニュースはいくつかありますが、二週間の冷凍睡眠から無事に覚醒したことよりも重要なニュースはありませんよ」

自分以外に冷凍睡眠実験に参加したものがいるのかどうか考えて、それが自分のことであることに気付く。

二週間前の自分、体感的には昨日の自分が何に興味を持っていたのか思い出すのにしばらくかかった。

「では、朝ご飯をお願いします」

私は枕元の時計を見た。時刻は夕刻。

「晩ご飯ですね、お願いします」

食事は食堂でもルームサービスでも大丈夫だというので、ルームサービスをお願いした。名物だというステーキをフルーツジュースで流し込みながら、壁の巨大なディスプレイで寝ているあいだの世界の動きを確認する。

幸いなことに、大災害も新しい戦争も起きていなかった。スポーツイベントは予定通り行われ、国際政治状況はいつもどおり混沌として揉めており、経済も相変わらずの乱高下で、冷凍前と変わったところはない。

二週間くらい冷凍された程度では、世界はそれほど変わらない。たまたま、転換点になるような大事件がなかっただけかも知れない。それが転換点だったとしても、今はまだ取り上げられていないだけかも知れない。あとになれば、あの時が転換点だったとわかるような事件が起きていたのかも知れない。

あとからカウンセラーに解説してもらったが、人は知らなかった時間を想像して補える限りは、自分の時間と世界の時間のずれを感じないのだそうである。

実際には、個人が感知できる世界の範囲はそれほど広くない。報道の最前線にいる専門の記者だとしても、見えているのはその場所の一部分だけであり、取材している時間のすべてで情報を収集しているわけではない。

ワールドニュースのアナウンサーだとしても、見えている世界は報道されている一部分だけで、見えない世界の方が圧倒的に多い。

つまり、個人はそれまで見ていた世界の続きを知ることができて、見ていなかった部分を情報なり想像なりで補完できれば、世界から切り離されたとは思わない。

例外的に、長期にわたる情報途絶状態に置かれても、個人の周辺には彼にとっての世界が存在し続ける。動き続け、変化した世界に突然出会うことになり、その結果、個人の世界とその外側の世界との断絶に気付いて、必要なら修復することになる。

冷凍睡眠で周辺情報ごと世界から切り離されても、二週間程度では驚くことができるような変化は感じられなかった。

では、冷凍睡眠実験が二ヶ月だったら？　二年だったら？　二〇年だったら？

仮に二〇年後に目覚めたら、眠っていたあいだのニュースを俯瞰して自分の時間の空白を埋めるのだろうか。それは、空白を埋めるよりは歴史を勉強するような作業になるのではないか。

二週間の冷凍睡眠実験を終えた自分に、それだけの時間経過の実感はない。冷凍されているあいだ、私の身体は代謝も行わず完全に時間停止された状態にある。体感的には冷凍されたのはほんの一日前でしかない。

十数年から数十年単位の冷凍睡眠実験に参加しても、そのあいだの生体機能も代謝も完全に停止するから、体感的には昨日寝た感覚になるだろうことは想像が付く。その間に世界が動いたとしたら、私は何を気にするのだろう。私が好きだったものはどうなるのだろう。世界はどうなっているのだろう。

そこまで考えて、私は気付いた。

五〇年後なら、τ星系に到達した恒星間探査機からの情報が太陽系に届いている。遠くから眺めることしかできなかった一一・九光年彼方の地球型惑星に関する確実な情報を見ることができる。

私が冷凍睡眠実験者として適格なのかどうかは、すべての実験結果の分析後に判明する。もしその結果に問題がなければ、さらなる長期の冷凍睡眠実験への協力が選択肢に上がる。次の実験期間がどれくらいに設定されるかどうかはわからない。だが、冷凍睡眠実験に参加すれば、普通なら見ることができないはずのはるかな未来の状況を見ることができる。

二週間のあいだに届いた個人宛のメッセージをチェックしながら、私は自分の思い付きに穴がないかどうか検討していた。緊急に対応しなければならないようなものは届いていない。では、もっと長い期間、冷凍睡眠実験に参加したらどうなるだろうか。

考えているうちに、それは自分にとっての世界がどういう存在なのか、という問題であることに気付いた。

自分がいない間の世界がどうなるのか。それを自分はどう感じるのか。

自分で体験できれば簡単だが、それがかなわない場合、次善の策として先達に話を聞くという手がある。

冷凍睡眠実験については機密の壁は厚いが、それに協力し、短期間とは言え一度の冷凍を体験した私はもう内部の人間である。

冷凍睡眠実験者についてのインタビューは、こういう立場でもなければ希望を出すこともできなかっただろう。だが私は記者として、体験者として、そして将来的により長期実験が行なわれる場合に想定される問題をはっきりしておきたいという立場で、経験者へのインタビューを申請してみた。

私の立場はルポライターだが、作成した記事は報告書として扱われるため公表はできない。

それでも、この仕事はやる価値があると思った。

今すぐにでなくても、冷凍睡眠が実用化されれば、それはさまざまな目的のために使われる。今のうちに、その感覚を専門家でないものの言葉で言語化しておくことが必要だと思ったのである。

幸いなことに、部内者になったこと、協力者のアドバイスもあって、私は先に冷凍睡眠を体験した協力者へのインタビューを取り付けることができた。

希望したのは、今までに最も長い期間の冷凍睡眠を体験した協力者。質問したいのは、目が醒めたら長時間が経っていたという現実をどう感じたか。

今現在行なわれているいちばん長い冷凍睡眠実験は一〇年間であり、その終了は三年後まで待たないといけない。

今、会って話ができる最長の冷凍睡眠実験の体験者は、三年の冷凍を体験しているという。

動物実験でもっとも長い冷凍実験は、すでに十年を超えている。ほぼ同じ時期に冷凍されたチンパンジーと豚のうち、まだ解凍されずに調査対象となっているものが二十数体ほどいて、何年かにいちど一体ずつ解凍する予定だという。

つまり、冷凍睡眠は私が実験に協力した時点で実験室レベルでは実用になっていた、と言える。

だから、というわけでもないが、私の興味は技術ではなく、実際に冷凍睡眠した人の感覚に移っていった。

研究所がインタビュー対象として紹介してくれたのは、現時点で人に対する最も長い冷凍睡眠実験への協力体験を持つ女性、マリア・コマツだった。

研究医であり、かなり早い段階からの冷凍睡眠実験計画のスタッフでもあった彼女は、個人的な興味から志願したという。

インタビューは、現在も研究所にスタッフとして勤務している彼女のオフィスで行なわれた。

「いろんな人が話を聞きに来たけど、冷凍睡眠の体験者が来たのははじめてね」

オフィスのソファでテーブルを挟んだ向かいに腰を下ろしたマリアは、大きな携帯端末のディスプレイで私に関するデータと答えられる質問の範囲を確認した。

「ルポライターで、実験協力者、しかも記事は公開前提じゃない報告書扱いだから、解答に制限なし？　こんなのはじめてだわ」

先祖はアジア系だがいろいろ混じっているという黒髪の女性研究者は、私に顔を上げた。

「冷凍睡眠からの生還、おめでとうございます。おはようございます、の方がいいかしら？」

「解凍されたのは三日も前です」

マリア・コマツに関するデータも、こちらのそれと同様にもらっている。細かい論文のデータなどは省略されているが、東洋系の例にもれず年齢よりずいぶん若く見える。

「身体の不調はいっさいありません。麻酔の影響も昨日には抜けて、おかげさまで今日からお仕事です」

「回復が早いのはいいことね。たぶん、冷凍との相性もいいんだと思う」

マリアは、大きな携帯端末のディスプレイを消してテーブルに置いた。

「それほど間をおかずに、次の冷凍睡眠実験への協力を求められるかも」

「次はさらに長期になりますよね？」

私は、自分の携帯端末にマリアの冷凍睡眠記録を読み出した。つい半年前に三年間の冷凍睡眠実験を終える前にも、マリアは四回、合計十六ヶ月の冷凍睡眠を行っている。

「でしょうね」

マリア自身も冷凍睡眠実験のスタッフとしてプログラムに参加している。

「メイアさんのデータを確認しているわけじゃないから確実なことは言えないけど、今回の実験で問題がなければ、次はさらに長期の実験への参加を打診されるはずね」

「今のところ、身体的には次の実験への協力を拒否する理由はありません」

私は言った。

「次の興味は長期にわたる冷凍から醒めた時に、寝ていた時間と過ぎた時間を自分の中でどう折り合いを付けるか、だと考えています。それで、今お話しできるスタッフの中ではもっとも長期の冷凍睡眠を経験したマリアさんを紹介してもらいました」

マリアは、じっと私を見つめた。資料によれば私よりずいぶん年上のはずだが、この時はじめて私は自分が彼女より若いと思い知った。

「あなたは、どう思った？」

やわらかな口調で、マリアは質問した。

「二週間とはいえ、あなたは冷凍してカレンダーをスキップした。起きて、カレンダーを見て、溜まったメッセージやニュースをまとめてチェックして、どう思った？」

「二週間というのは短い時間ではありませんが、でも世の中が変わってしまうほどの長い時間でもありません。今までにも、二週間くらい意識不明で過ごして目覚めた人はいるでしょうし、私自身も最低限の通信速度も確保できない場所でキャンプしたこともありますから、世間一般のニュースから隔絶して過ごしたことはあります」

「二週間くらいでは、スキップした気にならない？」

「はい」

私は正直に頷いた。

「でも、二週間が二ヶ月だったら、二年だったらと考えてみました。そして、そんな体験をした人がいるなら、話を聞いてみるのが最善の方法だと考えました」

ちょっと考えてから、マリアは私の顔を見た。

「引っ越ししたことはある？」

「何度もあります」

Dスターを出てから、両親はかつて住んでいたアメリカに戻った。そのあとはカナダに移住している。

「引っ越してから、前に住んでいた部屋に行ってみたことは？」

すぐに答えようとして、念のためにもういちど記憶を確かめてから答えた。

「ありません」

Dスターに戻ったことはない。住んでいた集合住宅はおそらくそのまま使われているだろう。

「学校には通っていた？」

「小学校から大学まで通いました」

「卒業してから、自分の通っていた学校や教室に行ってみたことはある？」

「……あります」

宇宙で生まれた私が宇宙で暮らしたのは小学校を卒業するまでだった。中学に入る前に両親ともどもDスターを出て地上に降り、中学、高校、大学と進学した。

「大学に行ってから、両親が住んでいたカナダのトロントに帰ったとき、ちょうど昔の同級生から連絡があって、夏休みで生徒のいない高校に行きました」

「そこであなたは、自分が通っていた高校と教室を見た。たぶん、自分が使っていた椅子にも座ってみたんじゃないかしら」

誰でもやることだろうとは思う。

「どお？　かつて自分がいた教室は、変わって見えた？」

「ちょっとだけ」

私はその時の記憶を思い出した。教室正面の大型モニターは当時のままだったが、教室内の貼り紙はいろいろ変わっているし、誰かの忘れ物もそのままだった。デスクも椅子も高校時代の思い出そのままの形だったが、いくつかは新品に交換されていた。

「あなたがいなかった間も、高校の校舎や教室は新しい学生に使われていた。昔自分がいたはずのそこに行ってみて、どう思った？」

私はその時の感覚を思い出そうとしてみた。懐かしい、よりは、慣れていたはずの場所がもう自分の居場所ではないという感覚。

「違和感、ですか」

私は、あの時に感じたことを言語化してみた。

「いえ、戻れない時間を実感した、郷愁？」

「冷凍されて年月をスキップする感覚は、そんなようなものよ」

慣れた様子で、マリアは言った。

「自分がいてもいなくても、見ていても見ていなくても、世界はそんなことと関係なく動き続ける。戻ってきて、世界のどこが変わったのか、変わってないのか、それに気付くのはあなただけ」

そこまでは、私も考えた。

「でも、一度冷凍されたら、もとの世界には戻れない」

冷凍睡眠の先輩の顔を見て、私は言った。

「現実世界でも、時間を逆行することはできませんが、でも世界と同じ時間を過ごすことはできる。それをせずに、スキップすることを選んだら、親しい人たちといっしょに過ごす時間を失うことになる。そうではありませんか？」

マリアは肯定するように軽く頷いた。

「代わりに、何を得られましたか？」

「未来を」

マリアの答えは簡潔だった。

「まだ見ぬ世界を、待つことなく見ることができたわ。たかだか三年間程度では技術もゆっくりとしか進まないけど、地球もまだしばらくは保《も》つだろうし、知り合いもそんなにいっぱいは見送らずに済む」

マリアは、どこからか使い込まれた革の手帳を取り出した。

「もし、今後も実験に協力する気があるなら、その間にいなくなっちゃう知り合いのお墓の場所は確認しておいた方がいいわ。その気があれば、だけど」

それは想像しなかった。

「お墓の場所、ですか？」

「そう。わたしはこれから先、もっと長期の実験に協力するつもりだから、なにかあった時に連絡する人のリストも作ってるし、もし寝ている最中にリストの中の人が死んだら、お墓の場所は記録しておくように起きてるスタッフに頼んである。電子記録だと壊れて読めなくなったらおしまいだから、こういう実体のあるものにも書いて残しておくの」

私は、マリアの手の中の古びた革表紙の手帳を見た。昔ながらの紙媒体は全て手書きで記録しなければならないし、書き込める容量も限られる。実用に使っている人は初めて見た。

「まあこれだって水に沈んだり燃えたりすればなくなっちゃうけど、ほっといても劣化の度合は電子記録より小さいし、現物さえ残ってればめくって読み取るのはこっちだからねえ」

私の疑問を先読みしたように、マリアはすらすらと言った。

「長期保存ってことだけ考えたら石板にレーザー刻印でもしてもらうのがいちばん確実なんだけど、自分の冷凍カプセルの横になんかいろいろぎっしり書き込まれた石板が積み上げられてるってのも想像するだけでぞっとしないから」

「それだと、実験終了して起きて外に出られるようになったら、最初にやらなきゃならないのがお墓参り、っていうことになりませんか？」

「大丈夫、そんなに数は多くないから」

マリアは、古びた革の手帳を無造作に白衣のポケットに突っ込んだ。

「それに、義理程度のものだから」

「義理、ですか？」

「そう。準備万端整えて、安くない予算と手間をかけて、こっちは現世のしがらみとか義理とか人間関係とか全部放り出して眠っちゃうわけだから、せめて、それくらいの義理は必要かなと思って。だって、お墓参りしたところでそこにいるのはもういなくなった人だから、結局はこっちの自己満足でしかないんだけど」

「参考にします」

「リストは長くなりそう？」

何十年か後に醒めた時、お墓参りしたいような肉親や友人が、私には何人いるだろう。

「……あんまり」

あいまいに首を振ったわたしを見て、マリアは笑った。

「その方が、眠るにはいいわ。今ここでやらなきゃならないことがあるなら、それをやった方がいいんだから」

そして、私はより長期の冷凍睡眠実験に志願することを決めた。

第十二章　τ星系、ディープブルー

携帯端末の呼び出し音で、私は現世に帰ってきた。

辺りを見廻し、使い慣れた資料室の片隅のコンソールに置きっぱなしの携帯端末が呼び出し音とともに画面をフラッシュさせているのに気付く。

画面に出ているジャスミン部長の名前を見て、私はあわてて端末を手に取った。

「はいミランダ・カーペンターです」

『現在位置は資料室？』

現在位置表示は切ってあるはずなのに、先輩にはときどきこういうところがある。

「はい」

隠すところでもないから、わたしは素直に答えた。

『そう。旅人を迎える準備は、整った？』

「まだまだです」

返事しながら、私は目の前に拡げていたメイア・シーンに関する資料にいくつもの付箋をおざなりに追加して閉じた。こうしておけばまた次にアクセスしたときにすぐに閲覧を再開できる。

「でも、記録員を迎えるのは楽しみになりました。いくつか、追加で閲覧したい資料があるんですが」

『昔の地球の資料？』

お見通しらしい。

「そうです。シーン記録員が出発する前と、今の地球の状況を知っておいた方がいいんじゃないかと思って」

『今の地球に関しては、あちらが興味あればいくらでも資料があるから放っておいていいんじゃないかしら。どうせ最新のものでも一二年前の記録だし、このまままっすぐ帰るにしても到着は半世紀も先の話だし。でも、彼女がいた頃の地球については知っておいた方が話も合うでしょうね。たいていの資料はあなたの資格で当たれると思うけど、もし閲覧許可が必要な資料見つけたら相談して』

話の傍ら、わたしはディスプレイに別便が届いているのに気付いた。添付を弾《はじ》いてみたら、リストが現れた。一画面で表示しきれずに高速でスクロールしていく。

「な、何ですかこれ⁉」

『恒星間開拓初期の資料。うちの部はマニアが多いからね、これでも基礎をざっと当たるくらいかな』

「ちょ、ちょ、ちょ」

スクロールが止まらないリストに私は声を上げた。

「だって、〈銀河を渡る風〉がディープブルーに到着するまでにもう三ヶ月もないんですよ!?」

『記録員は船の中でもう起きてる頃だし、直接通信なんて贅沢言わなければ文書通信ならもうできるわね。記録員の歓迎任務に正式に就けてあげるから、勤務時間の大半は準備に廻せるわよ』

「ええー」

わたしは、やっとスクロールが止まった資料のリストを後ろからゆっくりタイトルだけ斜め読みしていった。地球史だけでなく、恒星間探査船の記録から初期恒星間植民、宇宙技術だけでなく医療技術史までがリストアップされているらしい。

「動画記録だけで何百時間あるんですかこれ」

『ぜんぶ見る必要なんかないわ。必要なところだけ見て、時間は有効に使いなさい』

「と言われましても」

ふと、メイア・シーンの動画記録がタイトルにあったような気がして弾いてみた。

三〇〇年以上前の、立体にすらなっていない記録動画が再生された。

『私の名はメイア・シーン、これから二回目の冷凍睡眠実験に参加します』

まだ記録映像を撮り慣れていないのか、大昔の医療スーツ姿でカメラを見ながら言う口調がぎこちない。わたしは、それがまだ記録員になることも決めていないメイアの姿であることに気付いた。

「わかりました」

わたしは、動画を再生したままジャスミン部長に告げた。

「それじゃあ、これからメイア・シーン記録員歓迎の準備を開始します」

あとがき

高名で年配の科学者が可能であると言った場合、その主張はほぼ間違いない。また不可能であると言った場合には、その主張はまず間違っている。

『未来のプロフィル』一九五八年

有名なアーサー・チャールズ・クラークの第一法則です。尊敬し信頼するおじいちゃんがこう言ってくれたんで、SF作家としては超光速だろうが時間旅行だろうがいっさいの心理的抵抗なしに使えております。

嘘です。クラークやアシモフがなんと言おうと、それが便利で使いやすければ物理法則の改変だけじゃなくて全てを御都合主義で塗り込めるのが作家です。

しかし、笹本がこの世に生まれてからもう軽く半世紀以上経ってのに、超光速、慣性制御、反重力とスペースオペラに欠かせない要素に関しては現実化する気配がまるっきりありません。研究は行なわれてるけれど、全宇宙に匹敵するエネルギーが必要とかそんな解説はどっかで読んだっけ。

じゃあ、超光速も反重力も不可能なの？

年配と自称できるような年齢になったスペオペ作家が可能だって言ったところで、それが正解かどうかは怪しいところです。じゃあ、超光速と反重力抜きで、宇宙ＳＦは成立するのか？

本作の過去話として持ってきた〈星のパイロット〉シリーズが、まさに超光速、反重力といった超技術抜きの宇宙ものでした。また、現実の宇宙開発も、科学、物理法則に従って行なわれています。

もし、将来、人類の宇宙開発が恒星間にまで拡がるとしたら？　そこまで行動範囲が拡がっても、超光速、反重力抜きで宇宙開発しなければならないとしたら、それはどんな世界になる？

これは、まず、超光速と反重力抜きで恒星間宇宙ＳＦができるか？　という問題として笹本に降ってきました。しばらく考えて気付きます。近い将来、恒星間宇宙まで開発が拡がった場合の世界の想像図になるんじゃないのか？

また、恒星間宇宙を舞台にした作品で超光速しないものはほとんどない。メジャーじゃない。てことは手つかずの宝島じゃないか？

なんで、恒星間宇宙は超光速するものばっかりなのかってえと、そうしないと作中の時間がえらい勢いで経ってしまうからです。光年単位で離れてる恒星間宇宙を行って帰ってくると、光速を達成したとしても光年分の時間がかかります。十数光年離れた近傍恒星系に行って帰ってくるだけで数十年。地球も世界もそれだけ変化しちゃう。なのに、キャラはそのまま。

でも、超光速抜きの恒星間宇宙は、そういう世界になるはずです。だったら、どうなるのか考えてみるのがいちばん早い。何年かあと、そういう恒星間宇宙を開発する時代が来るのかどうかはわかりませんが、それを想像して提出するのは未来をより具体的に想像する手掛かりになるはず。

じゃあ、それは話として成立するのか？

片道近くても半世紀かかるような恒星間航行が実用化されるような時代に、恒星間戦争は起きるのか？

行って帰ってくるだけで人の寿命が終わるほどの距離を隔てられたら、そもそも戦争できるのか？　戦争は、国家が暴力によってその意志を相手に強要することだとして、その意志を持つものが目的を完遂したときにはすでにこの世にいないほどの時間をかけても、基本的に破壊でしかない非生産的な事業を行えるものか？

どんな理由を付ければ、宇宙戦争とそれに関わるものがやる気になるのか、やらざるを得ない立場に追い込まれるのか。

いや無理でしょー。スペオペ作家の脳じゃ、そんな宇宙戦争想定できない。

最終的に何世代もかけてしまうような戦争は地球上の歴史にもありますが、最初から何世代もかかることを承知しての戦争は、悪の宇宙人に侵略されたとかそういう事態くらいしか思いつかない。そもそも悪の宇宙人だって、何世代もかけて悪事を完遂するだけの意志力なんかどっから持ってくるんだ。

じゃあ、戦争じゃなければ？

宇宙開発は？　恒星間移民は？　帰らない探検隊は出発するか？

こちらは、魂と本能ができると積極的なGOサインを出します。

広大な宇宙空間、恒星と惑星を隔てる距離が、どんな悪役よりも難敵なのです。じゃあ、それを相手にする話ならやる価値があるんじゃないか？


もう一つ、超光速も反重力も慣性制御もできない世界なら、それは将来の宇宙開発を続けた場合に来る世界のヴィジョンになるんじゃないか、とも考えました。宇宙ものやるとしたら不自由きわまりない設定ですが、いまのところ超光速、反重力、慣性制御といった超技術は実用化の気配もありません。ならば、今、できるだけのすべての技術をもって精一杯がんばった場合、我々はどの辺りまで行けるのか。

待ってればそのうち見える答えでしょうが、確実な正解を得るためにはやはり数十年よりも数百年くらいの時間が必要になります。さすがにそこまでの寿命は残ってない。

じゃあ、やってみよう。やってみれば、どんな世界になるかはある程度わかる。世に問えば、さらなる知見も得られるはず。

そういうわけで、ラノベ作家が超光速と反重力と慣性制御を捨てて挑むスペースオペラをはじめてみました。例によってこの話がどんな話でどこに向かうかなんて、いつも通り作家はなにもわかっておりません。

でも、見たことがない世界が見れるはずなんだ。

お付き合いいただければ幸いです。

では、恒星間宇宙に行きましょう。

本書は書き下ろしです。

検印
廃止

著者紹介　1963年東京生まれ。宇宙作家クラブ会員。84年『妖精作戦』でデビュー。99年『星のパイロット2　彗星狩り』、2005年『ARIEL』で星雲賞日本長編部門を、03年から07年にかけて『宇宙へのパスポート』3作すべてで星雲賞ノンフィクション部門を受賞。

星の航海者1
遠い旅人

2023年3月31日　初版

著者　笹《ささ》本《もと》祐《ゆう》一《いち》

発行所　㈱東京創元社
代表者　渋谷健太郎

162-0814/東京都新宿区新小川町1-5
電話　03・3268・8231-営業部
03・3268・8204-編集部
URL　http://www.tsogen.co.jp
暁印刷・本間製本

ISBN978-4-488-74114-3　C0193

ヒトに造られし存在をテーマとした傑作アンソロジー

MADE TO ORDER

創られた心
AIロボットSF傑作選

ジョナサン・ストラーン編
佐田千織 他訳
カバーイラスト＝加藤直之
創元SF文庫

◆

AI、ロボット、オートマトン、アンドロイド——
人間ではないが人間によく似た機械、
人間のために注文に応じてつくられた存在という
アイディアは、はるか古代より
わたしたちを魅了しつづけてきた。
ケン・リュウ、ピーター・ワッツ、
アレステア・レナルズ、ソフィア・サマターをはじめ、
本書収録作がヒューゴー賞候補となった
ヴィナ・ジエミン・プラサドら期待の新鋭を含む、
今日のSFにおける最高の作家陣による
16の物語を収録。